Aurore Aylin

Les Kergallen -5,5

Gwenn

Remerciements

Merci à Ysaline et Magali dont les commentaires tour à tour drôles et intraitables m'aident à progresser. Sans vous, l'aventure ne serait pas aussi amusante.

Merci à Fleurine pour ses superbes couvertures. Chaque fois, je suis enchantée !

Merci à vous, mes lecteurs, votre soutien, votre enthousiasme ne cessent de me surprendre. Continuez à venir papoter et délirer avec moi sur l'une ou l'autre de mes pages ! Ces moments sont tout simplement magiques pour moi.

Les Kergallen

tome 1 : Thaïs
tome 2 : Joanna
tome 3 : Nina
tome 3,5 : Nouvelles
tome 4 : Sélène
tome 4,5 : Nouvelles
tome 5 : Azilis

Les de Chânais et les Kergallen

coécrit avec Ysaline Fearfaol
Pari risqué
Jeux de scène
Méli-mélo

Retrouvez mon univers sur mon blog
http://auroreaylin.canalblog.com/
ou sur ma page Facebook
Aurore Aylin romance

Dépôt légal : mars 2019
© 2019 Aurore Aylin
illustration de couverture : Fleurine Rétoré
ISBN : 9781798628409

Les Kergallen

Bien que ne portant pas tous ce nom, les membres du clan se désignent volontiers sous le nom de « Kergallen », qu'ils descendent d'Athénaïs et Ian Kergallen ou de Sophie. Tous ne figurent pas dans ce petit rappel de la généalogie familiale, et certains ne jouent pas de rôle dans le roman.

<u>Athénaïs</u>

enfants:
- Althéa, mère de Thaïs : « prisme », canalise les dons des autres
- Aidan, père de Sélène et Corentin
- Arthur, père de Josselin
- Cybelle, mère de Joanna et Émilie : guérisseuse
- Éline, mère de Gwenn

Petits-enfants :
- Thaïs de Rohan McDougall : lit le passé des objets (mari : Kieran McDougall)
- Joanna Le Guennec : maîtresse des éléments (compagnon : Dragan)
- Émilie Le Guennec : empathe (compagnon : Adrian)
- Sélène Kergallen : communique avec les animaux (compagnon : Korenn)
- Corentin Kergallen
- Josselin Kergallen
- Gwenn Duvivier

Arrières-petits-enfants :

- Eira, fille de Thaïs et Kieran, jumelle de Kalan : « prisme », comme sa grand-mère Althéa. Possède aussi le pouvoir de télékynésie.

- Kalan, fils de Thaïs et Kiera, jumeau d'Eira : amplifie les pouvoirs familiaux par l'intermédiaire de sa jumelle.

- Anastasia, dite Tasia, fille de Joanna et Dragan : aspire momentanément les pouvoirs de ceux qui la touchent.

Sophie

petits-enfants :

- Gaëlle Morin : magie des plantes (mari : Bastien)

- Azilis Le Bars : projection astrale (compagnon : Albian)

- Morgane Le Bars : magie des pierres et des minéraux (compagnon : Elwyn de Chânais)

Arrières-petites-filles :

- Cyrielle (fille de Gaëlle) : capable de lever certaines malédictions

- Lili (fille adoptive de Gaëlle) : ancienne fée devenue humaine

Chapitre 1

Gwenn sourit tout en décalant en douceur le chat qui, installé sur elle, lui pétrissait avec application les cuisses. Elle reprit sa tasse de café.

— J'adore cet endroit.

— C'est apaisant, approuva Émilie, qui sirotait un thé. Aymeric a eu une idée de génie en offrant le *Chafé* à Elwyn.

Les deux cousines tournèrent la tête pour observer Elwyn de Chânais, seigneur et maître du *Chafé du Coin des Temps*. Poète, acteur, charmeur, Elwyn semblait à sa place en ce lieu peu ordinaire. Le *Chafé* était un mélange de café littéraire et de refuge pour chats errants. Les amateurs de lecture s'y réunissaient, les amoureux des félins s'y trouvaient bien. Ceux qui alliaient les deux passions s'y sentaient comme chez eux ! La décoration mêlait confort avec ses banquettes, ses boiseries, ses murs de brique, ses lumières tamisées, et originalité avec les cordages et autres éléments d'inspiration steampunk.

Des arbres à chats et des rayonnages remplis de livres parachevaient l'ensemble, qui ne manquait ni de cachet ni de fantaisie. Elwyn et sa compagne, Morgane, exubérante actrice, attiraient leurs connaissances du milieu du spectacle, garantissant l'aspect littéraire et culturel du lieu. Le fait que le patron soit séduisant, sexy, haut en couleur, suscitait aussi l'intérêt d'une clientèle féminine. Ainsi, cet après-midi-là, Gwenn et Émilie n'étaient-elles pas les seules représentantes du beau sexe installées sur les banquettes. Quelques-unes semblaient sincèrement apprécier les animaux et les livres, certaines en revanche avaient les yeux plus souvent tournés vers le séduisant patron que vers les ouvrages proposés. Les deux cousines étaient cependant les seules à aimer tout à la fois la lecture, les chats et à connaître le secret d'Elwyn : sa nature de loup-garou.

La porte de l'établissement s'ouvrit pour laisser entrer un nouveau groupe à la vue duquel Gwenn réprima un éclat de rire. Si le serre-tête à oreilles de chats qu'arboraient les deux fillettes pouvait prêter à sourire avec indulgence et attendrissement, la tenue des adultes qui les accompagnaient surprenait et amusait. Pour caresser les chats qui avaient tous abandonné leurs occupations pour se précipiter vers eux, les deux hommes et la femme durent poser l'objet qui les encombrait.

— Des baguettes de fée ? murmura Émilie, les yeux pétillants. Et des oreilles de chat pour Sélène en prime ?

— Nous sommes des chatfées.

La fillette la plus âgée se planta devant les cousines.

— Laisse-moi deviner, fit Gwenn. Korenn et Rowan étant des Chats d'argent, tu leur as attribué une baguette pour la partie fée. Sélène et Cyrielle avaient besoin de la baguette, mais aussi des oreilles de chat puisqu'elles sont humaines. Quant à toi...

— Moi, il me manquait juste le côté chat.

La fillette désigna son serre-tête.

— Le premier qui prétend que je ne suis plus une fée, je le lilise.

Poings sur les hanches, elle toisa Elwyn, qui s'était approché. Il avait beau la dominer de toute sa taille, la gamine ne se démonta pas.

— Tu veux dire que tu l'azilises, rectifia Émilie.

— Non. Aziliser, c'est punir à la façon d'Azilis. Moi, je punis à ma façon. Je lilise. Et ça peut faire très mal !

— Tu n'auras pas besoin d'en arriver là, Lili, tempéra Elwyn. Tu es la chatfée la plus parfaite que la Terre ait jamais portée.

Il s'inclina avec force cérémonie devant Lili, qui lui accorda un signe de tête empreint d'élégance. Il était facile d'oublier que l'ancienne fée était en fait âgée de plusieurs centaines d'années. Certes, à l'échelle de la longévité des habitants de Faërie, c'était peu, et elle se comportait la plupart du temps comme l'enfant dont elle avait l'apparence, mais elle surprenait parfois ses interlocuteurs par sa maturité. Jamais elle ne s'était apitoyée sur son sort, jamais elle n'avait semblé regretter le sacrifice de ses ailes au profit de Nina. Lili était une enfant joyeuse et pleine de fantaisie qui comblait ses parents adoptifs, Gaëlle et Bastien. Elle était même capable de plaisanter en se déguisant en chatfée...

— Comment comptes-tu liliser les indélicats ? s'enquit Gwenn.

— Je pourrais commencer en les assommant de lilismes.

— Je suppose que c'est comme les corentinismes, devina Émi.

— Tout à fait.

— Mieux vaut se le tenir pour dit, fit mine de chuchoter Elwyn avec un frisson.

— Tremblez, pauvres mortels !

Lili se pencha en riant pour attraper un chaton qui gambadait à ses pieds et se dirigea vers le comptoir pour rejoindre Cyrielle, déjà installée. Elle commanda un diabolo menthe avec l'assurance d'une habituée avant d'entamer une conversation animée avec sa sœur.

Gwenn reporta son attention sur le trio assailli par les félins. L'arrivée d'une magicienne capable de communiquer avec les animaux et de deux Chats d'argent créait toujours une ruée des chats. Gwenn les observa tandis qu'ils se redressaient. Elle sourit en constatant que les deux frères récupéraient leur baguette pailletée. Eux non plus n'osaient pas contrarier l'ancienne fée ! Avec prudence, la jeune femme abaissa son bouclier mental. Rowan allait bien. Elle referma son bouclier. Elle avait remarqué que le Chat d'argent était toujours plus serein en compagnie des animaux, surtout lorsqu'il s'agissait de félins. Il était moins à son aise en présence des humains. Une vie passée à se méfier et à éviter de contracter des dettes lui avait enseigné la prudence. Celle-ci n'avait pas suffi et il en avait payé le prix fort en se trouvant soumis à un mage noir issu d'un coven maléfique, contraint d'obéir à des ordres qu'il réprouvait. Rowan n'avait jamais évoqué les détails de ces années de captivité, mais Gwenn pouvait deviner certaines choses. Même libéré du sorcier et de la malédiction des Chats d'argent, le jeune homme demeurait distant, solitaire. La compagnie des Kergallen, en qui il avait pourtant confiance, ne suffisait pas à le sortir de sa réserve. Il faut dire qu'il n'était pas facile de s'imposer face à l'exubérance du clan !

Les deux frères et Sélène s'installèrent face à Émilie et Gwenn.

— J'imagine que vous avez conscience du ridicule de vos baguettes, les titilla Elwyn en déposant un plateau sur la table.

Il connaissait les goûts de ses habitués, et lorsqu'il se plaisait à jouer les serveurs de choc, leur apportait les consommations sans que ces derniers aient besoin de passer commande.

— Et encore, ils ont négocié pour ne pas porter le chapeau et les ailes, lança Sélène d'un ton joyeux.

— Ce n'est pas plus ridicule qu'un tablier à fleurs, susurra Korenn.

— Au temps pour moi.

Beau joueur, Elwyn désigna une bibliothèque croulant sous les livres.

— Albian est venu m'apporter ce matin un exemplaire du nouveau roman d'Azilis.

Gwenn leva le livre posé à côté d'elle sur la banquette.

— Prem's.

— Trinquons au quatorzième ouvrage de notre romancière. Qu'il connaisse un grand succès !

Tous approuvèrent Émilie et levèrent leur verre ou leur tasse. Lorsque la sienne vint heurter celle de Rowan, Gwenn plongea dans les yeux vert émeraude du Chat d'argent. Son regard était insondable. Il se pliait à cette coutume de trinquer dont les Kergallen usaient et abusaient, mais n'y mettait pas d'enthousiasme. Ni de réticence. Gwenn sourit et poussa le livre d'Azilis dans sa direction.

— Je consens à te le laisser. Ce n'est pas comme si je n'allais pas avoir bientôt mon exemplaire dédicacé.

— Eh! protesta Korenn. C'est du favoritisme.

— Tout à fait.

Gwenn appuya ses dires d'un clin d'œil taquin qui parut surprendre Rowan. Ce dernier prit le livre avec un léger sourire, avant de pousser vers elle l'assiette remplie de petits gâteaux. Gwenn remarqua la fugace expression de tristesse qui passa sur le visage de Korenn. Bien que libéré de la malédiction, Rowan agissait encore comme s'il risquait de contracter des dettes. Elle lui avait offert le livre sans arrière-pensée. En retour, il lui proposait les gâteaux. Une vie passée à maintenir l'équilibre ne pouvait pas s'effacer d'un claquement de doigts. La jeune femme prit un biscuit. Rowan se détendit.

Il avait conscience que sa façon d'agir n'avait plus lieu d'être. Chaque fois, Rowan se fustigeait. Toujours trop tard, il s'apercevait qu'il avait réagi de façon excessive. C'était instinctif. Par chance, les autres n'y prenaient pas vraiment garde. Pour les étrangers à la famille, ceux qui ignoraient son passé et son secret, il apparaissait comme un homme bien éduqué, attentionné. Les Kergallen et les de Chânais, eux, ne se formalisaient pas de ce qui pouvait sembler un manque de confiance. Rowan soupçonnait Gwenn de n'avoir pas vraiment faim, car le biscuit restait posé près de sa tasse, intact. Il était toutefois reconnaissant à la jeune femme de l'avoir accepté, le libérant de la sourde angoisse qui l'assaillait chaque fois qu'il se trouvait confronté à une situation inconfortable.

La conversation battait son plein à leur table. Chacun parlait de sa dernière lecture, et même Lili et Cyrielle, qui les avaient rejoints, donnaient leur avis. Le regard du Chat d'argent s'attarda sur Cyrielle. Cyrielle, la briseuse de malédiction, celle qui, d'un simple baiser sur la joue, l'avait libéré du mauvais sort qui pesait sur les Chats d'argent. En sa présence, Rowan ne savait jamais comment se comporter. Il était son débiteur. La fillette n'attendait rien de lui en échange de son geste. Comment lui témoigner sa reconnaissance, s'il ne pouvait rien faire pour elle ? Pourrait-il seulement un jour en faire assez pour la remercier ? Gaëlle lui avait reproché dernièrement de se comporter avec sa fille comme s'il était son esclave, tentant de devancer les envies de Cyrielle. Elle avait raison. Rowan se détestait d'adopter cette attitude, mais c'était plus fort que lui. La jeune femme l'avait compris. Elle s'était pourtant montrée ferme dans sa position : il devait cesser de se plier en quatre pour Cyrielle.

— Si tu ressens le besoin de faire quelque chose pour te sentir mieux, lui avait dit Gaëlle, alors agis pour venir en aide à quelqu'un qui en a besoin. Un bien pour un bien. Fais pour un autre ce que Cyrielle a fait pour toi. Sois... constructif, au lieu de ressasser le passé.

C'était ce que Rowan s'évertuait à faire, sans trouver l'apaisement espéré. Il se dévouait à l'Arche, le refuge de Sélène. Prendre soin des animaux en détresse ne lui suffisait pourtant pas. Il avait besoin de plus, sans parvenir à savoir quoi. Même son frère ne pouvait pas l'aider. Rowan se rembrunit. Lui seul pouvait résoudre ce problème. Se défaire d'un mécanisme de défense aussi ancré en lui. Se défaire de la culpabilité d'avoir laissé Korenn livré à lui-même à cause de son inconséquence. Se défaire des remords de certains actes ordonnés par le sorcier qui l'avait revendiqué. Il ne suffirait pas d'un coup de baguette magique, pailletée ou non, pour y parvenir. Peut-être n'y parviendrait-il jamais.

Aussi vite qu'elle l'avait envahi, sa morosité s'envola. Seul le sentiment de bien-être demeurait, tandis qu'il écoutait les autres débattre tout en caressant un chat roux. Ses yeux se posèrent sur le roman d'Azilis, avant de se tourner vers celle qui le lui avait proposé. Gwenn semblait perdue dans ses pensées. La tête baissée, elle tournait sa cuiller dans sa tasse, encore et encore. Rowan savait qu'elle ne mettait pas de sucre dans sa boisson. Le geste trahissait donc plutôt une forme de malaise. La bouche de la jeune femme était légèrement crispée, ses traits tendus. Sans doute ces signes étaient-ils imperceptibles aux yeux des autres, mais pour un homme habitué à observer le monde autour de lui, ils étaient aisés à déceler. Même Émilie, l'empathe, n'avait rien remarqué, son bouclier mental étant bien en place afin de la préserver des émotions des gens alentour.

— Je suppose que, comme tous les Kergallen, tu as un chat, Gwenn.

Elle cligna des yeux, comme si elle émergeait de ses pensées. Il constata qu'elle avait les iris vert clair, cerclés de gris. Elle esquissa un sourire.

— Eh non, je n'ai pas de chat.

— Comment est-ce possible ? Sélène n'a pas réussi à t'en imposer un ?

— Elle m'a offert un chien. Un énorme Terre-neuve prénommé Bandit. Un vrai nounours.

— Tu as eu droit à un traitement de faveur, remarqua Rowan.

Il constata avec satisfaction qu'elle avait reposé la cuiller et que son visage était à nouveau détendu.

— Bandit veille sur moi.

Elle n'en dit pas plus et il n'insista pas, quand bien même la curiosité l'assaillait. Rowan gardait jalousement ses propres secrets, aussi ne lui demanderait-il pas davantage d'explications. Pour la première fois depuis bien longtemps, il se découvrit cependant curieux au sujet d'une autre personne. Pourquoi Gwenn avait-elle besoin de son chien pour veiller sur elle ? Comme Lucifer avec Azilis, Bandit jouait-il le rôle de garde-fou face aux débordements de pouvoir de sa maîtresse ? Rowan s'aperçut qu'il en savait peu sur Gwenn. Il ignorait quel était son métier, ou son don. Lorsqu'ils se trouvaient en présence l'un de l'autre, ils parlaient, mais cela restait superficiel et surtout, les sujets abordés ne permettaient pas d'en apprendre beaucoup sur la jeune femme. Et au milieu du groupe de Chipies, elle s'avérait plutôt discrète.

— Les Terres-neuves, ce sont les gros chiens sauveteurs, c'est bien ça ?

— Oui. Bandit adore l'eau. J'aurais d'ailleurs dû l'appeler Poisson ou Triton.

Rowan réprima le frisson qui remontait le long de sa colonne vertébrale à la mention de l'eau. Il en avait une peur panique. Il orienta la conversation sur la lecture, sujet neutre, avant de se taire pour se mettre à nouveau en retrait. Gwenn avait retrouvé sa bonne humeur habituelle et devisait avec les autres.

Chapitre 2

Encore une. Rowan garda la tête penchée, faisant mine de lire. C'était la troisième femme qui l'abordait depuis que tout le monde, Gwenn exceptée, était reparti du *Chafé*. La magicienne s'était installée à une table en retrait et crayonnait dans un carnet. Rowan, lui, avait commencé le roman d'Azilis. Ou du moins avait-il essayé.

— Il a l'air bien, ce livre, ça parle de quoi ?

Ça, c'était l'approche qu'avait employée la première femme. Rowan s'était contenté de hausser les épaules. Il avait appris que répondre, quelles que soient les circonstances, c'était encourager les importuns. Ou les importunes. La jeune femme avait encore débité quelques banalités, mais avait fini par renoncer devant son manque de réaction. La deuxième avait été habilement interceptée par Elwyn avant d'arriver dans le coin où Rowan s'était retranché pour être tranquille. Le loup-garou était occupé, cette fois-ci, et la troisième venait de se planter près du Chat d'argent. Il aperçut, à travers ses cils baissés, des chaussures à talons si hauts qu'il se demanda comment elle pouvait marcher sans se tordre la cheville à chaque pas. Son parfum agressait son odorat sensible de félin. Et sa voix haut perchée manqua lui faire grincer des dents.

— Je suis fan d'Azilis Brach !

Vu la façon dont elle écorchait le nom de l'auteur, il y avait des chances pour qu'elle ne connaisse pas la prose d'Azilis Barzh. Sans doute la séductrice avait-elle tenté de déchiffrer ce qu'elle pouvait apercevoir de la couverture, dans l'espoir de nouer le dialogue avec sa cible.

Boum ! Sans la moindre gêne, la femme prit place à côté de Rowan, envahissant son espace vital en se collant à lui pour faire semblant de jeter un coup d'œil au roman. Rowan lui fourra le livre dans les mains et s'extirpa de la banquette. Il était venu se détendre, pas pour subir les assauts féminins, même si celle-ci était plutôt jolie. Quoi que pas à son goût : trop sophistiquée. Elle reprit la parole en voyant sa proie lui échapper, mais fut interrompue.

— Il est sourd, ça ne sert à rien de lui parler.

Rowan stoppa net, manquant percuter Gwenn. La magicienne agita les mains dans les airs, traçant des arabesques.

— Barnabé ne communique que par la langue des signes.

— Oh !

Moue déçue de la séductrice.

— Est-ce qu'il lit sur les lèvres ? fit-elle cependant en se mordillant la lèvre inférieure dans une attitude qu'elle espérait sans doute sexy.

Rowan entrevit là l'occasion de s'amuser un peu. Une petite vengeance de bon aloi ne pouvait pas faire de mal, après la façon dont elle l'avait assailli. Entrant dans le jeu, il agita à son tour les mains. Un éclair de malice traversa le regard de Gwenn.

— Si vous vous mettez bien en face de lui et que vous parlez très fort en articulant bien, il devrait pouvoir vous comprendre.

La fille hésita. Le *Chafé* était un lieu très calme. Rowan devina qu'elle s'interrogeait : jusqu'où était-elle prête à aller pour le draguer ? Gwenn se posta face au Chat d'argent.

— Veux-tu lui parler ? cria-t-elle en détachant chaque syllabe.

Rowan aperçut la mine consternée de la séductrice, qui prenait conscience de ce qu'une « conversation » avec lui impliquait. Gwenn, qui ne craignait pas le ridicule, en rajouta une couche.

— Elle est fan d'Azilis Barzh ! Comme toi !

Rowan afficha un large sourire et hocha la tête avec vigueur. Autour d'eux, certains des clients présents, qui savaient qu'il ne s'appelait pas Barnabé et qu'il n'était pas sourd – loin de là ! – commençaient à avoir le plus grand mal à réprimer leur hilarité.

— J'ai oublié que... j'ai un rendez-vous, balbutia la fille.

Elle se leva et après un petit salut emprunté, s'éclipsa. Ils parvinrent à contenir leurs rires jusqu'à ce que la porte se referme sur elle. Plusieurs chats sautèrent de leurs places, dérangés par les éclats de rire. Quelques applaudissements retentirent. Gwenn esquissa une petite révérence.

— Vous ne chercheriez pas un rôle dans une comédie, par hasard ? lança une femme d'une quarantaine d'années. Elwyn, il faut qu'on les embauche, ils sont doués !

— Il faut surtout que je trouve une solution pour éloigner ceux qui confondent *le Chafé* avec un club de rencontre.

— Morgane y travaille, assura Gwenn à mi-voix, de sorte que seuls Rowan et Elwyn puissent l'entendre.

Si la compagne d'Elwyn y « travaillait », cela impliquait sans doute un sortilège quelconque. Rowan n'était pas contre !

— Tu vas peut-être enfin dépasser le premier chapitre, maintenant que celle-ci aussi est partie.

— Je crois que je vais attendre d'être à l'Arche pour reprendre ma lecture. Laisse-moi t'offrir quelque chose pour te remercier d'être intervenue. J'étais sur le point de fuir lâchement devant le danger.

Le sourire de Gwenn se ternit.

— Tu ne me dois rien, Rowan.

Surpris, Rowan garda le silence quelques secondes. Pour une fois, s'aperçut-il avec étonnement, il avait agi avec spontanéité, mais pas pour combler une éventuelle dette. Il n'y avait pas songé une seconde, emporté par la bonne humeur que toute cette scène lui avait procurée.

— J'en ai juste... envie.

Comment lui faire comprendre que son offre était sincère, sans arrière-pensée ? Gwenn le scruta quelques instants avant d'acquiescer.

— Tu paies la consommation, je me charge du truc à grignoter.

— Ça marche.

Il lui emboîta le pas, surpris de ne ressentir aucune angoisse à l'idée de lui être redevable. Son intervention pour éloigner la sangsue aurait dû le plonger dans les affres de l'obsession des dettes. C'était un progrès.

Ils prirent place au bar.

— Azilis a suggéré de nous procurer des pierres enchantées à sa façon, reprit Gwenn après s'être assurée que personne ne pouvait surprendre leur échange.

— L'azilisation risque de faire fuir la clientèle, objecta Elwyn, amusé.

— Que propose-t-elle ? s'enquit Rowan.

— Que les dragueurs soient victimes d'horribles démangeaisons pendant quelques heures.

— L'amour l'a radoucie, s'amusa Gwenn. Avant de rencontrer Albian, elle aurait réclamé un sort d'incontinence.

— Évite de tenir de tels propos devant elle, téméraire !

Rowan sourit en écoutant cet échange. Il avait compris que les sortilèges de revanche des magiciennes Kergallen n'étaient jamais vraiment méchants. Certes, Azilis, d'après les récits qu'il avait pu entendre, s'était montrée sévère par le passé, mais cela n'avait rien à voir avec de la magie noire. Et jamais elle ne s'en était prise à un innocent. En fait, le Chat d'argent trouvait toutes ces idées plutôt amusantes.

— Morgane a tempéré ses ardeurs. Elle travaille sur un simple sortilège répulsif. La difficulté est que les pierres qu'elle va enchanter et disposer au *Chafé* doivent détecter les dragueurs, et eux seuls.

— Un défi comme elle les aime, devina Gwenn.

— Pour ma part, j'aurai en plus un pendentif personnalisé.

Le loup dit cela avec une mine satisfaite qui n'était pas sans rappeler celle d'un chat devant un mets savoureux.

— C'est du favoritisme ! s'esclaffa Gwenn.

— C'était ça ou un tee-shirt tape à l'œil avec un message écrit en gros : « Cet homme magnifique m'appartient, si tu veux garder toutes tes dents, bas les pattes ! »

Rowan ne put s'empêcher de rire.

— Je suis sûre que ça ne te dérangerait pas, de porter un tel tee-shirt, taquina Gwenn.

— Avec Morgane, je préfère ne rien porter du tout.

Elwyn s'éloigna en sifflotant.

— Ah, ces de Chânais, soupira Gwenn.

— La nudité te gêne ? demanda Rowan.

— Non, répondit-elle en riant, surtout lorsque c'est un bel homme qui est nu.

— J'ai remarqué que c'est un sujet délicat ici, à Tir Mehan.

— Ce n'est pas le cas à Tír Na nÓg ?

— Non.

Il détourna les yeux.

— Je n'aurais pas dû évoquer ta contrée d'origine. Tu n'aimes pas ça.

Gwenn semblait embarrassée. Même si elle ignorait les détails, elle connaissait les grandes lignes de sa vie, et pouvait deviner un certain nombre de choses.

— J'y ai quelques souvenirs heureux.

Des souvenirs qui remontaient à l'époque où ses parents étaient en vie et où ils formaient, avec Korenn, une famille unie.

— Ce soir, nous sortons au *Sanctuaire*, reprit la jeune femme. Est-ce que tu veux te joindre à nous ?

— Je ne crois pas être prêt pour un tel endroit.

Le *Sanctuaire* était un club où seuls les êtres surnaturels ou issus d'une lignée magique pouvaient entrer. L'établissement ne se révélait qu'à ceux qui disposaient d'un pouvoir ou dont la magie coulait dans leurs veines. Le *Sanctuaire* se voulait un lieu de détente où les clients pouvaient se montrer tels qu'ils étaient, sans artifice. C'était aussi un endroit neutre. Les querelles qui pouvaient opposer certaines espèces n'avaient pas leur place à l'intérieur. Un ange et un démon pouvaient ainsi s'y côtoyer de façon pacifique. Ceux qui dérogeaient à la règle se trouvaient exclus *manu militari* par les Valkyries propriétaires des lieux. Rowan aurait pu s'y promener sous sa forme féline sans choquer ou émouvoir les autres. Cependant, le Chat d'argent ne souhaitait pas se retrouver dans un endroit clos, cerné par des créatures surnaturelles inconnues. Il savait que cela ferait remonter en lui les souvenirs, encore trop présents, de ses années de captivité.

— Tu as survécu aux Kergallen, crois-moi, tu es prêt à tout affronter.

Gwenn enchaîna sur un autre sujet et il lui en fut reconnaissant. Elle n'insistait pas. Rowan se rendit compte qu'il en était toujours ainsi, avec elle. Gwenn se montrait discrète, même si elle était capable de malice, comme toutes les Chipies Kergallen. Elle exprimait cependant ce qu'elle avait à dire, sans jamais chercher à imposer son point de vue. À charge ensuite à son interlocuteur de réfléchir à ce qu'elle lui avait dit. C'était, avec Sélène et Marzhin, le membre de la tribu en présence duquel il se sentait le plus serein. Elle avait un effet apaisant sur lui.

Tandis qu'il regagnait l'Arche en courant sous sa forme de panthère noire, enveloppé dans un voile d'invisibilité pour ne pas défrayer les chroniques, Rowan se surprit à repenser au *Sanctuaire*. Et aux yeux d'un vert limpide de Gwenn.

Chapitre 3

Les multiples voix qui retentirent soudain firent grimacer Rowan. Une famille avec trois enfants surexcités, constata-t-il. Sélène proposait une portée de chiots à l'adoption, sans compter bien sûr les autres pensionnaires de l'Arche. Si tout se passait bien, un animal trouverait un nouveau foyer, aujourd'hui.

Le Chat d'argent s'éloigna de toute cette agitation pour gagner un secteur plus calme du refuge. Il aimait bien l'Arche. C'était un endroit agréable, conçu pour assurer le bien-être des malheureux qui y échouaient. Ici, ils trouvaient chaleur et paix. Plus d'une fois, Rowan s'était demandé s'il ne pouvait pas se compter parmi les naufragés de l'Arche.

Outre les bâtiments et les enclos, un vaste bois bordait le domaine. Rowan aimait y courir sous sa forme féline la plus impressionnante, laissant libre cours à sa nature et son besoin d'espace et de liberté. Il ne risquait pas d'y être surpris ou traqué. La magie protectrice des Kergallen assurait que le lieu resterait paisible et exempt de toute incursion malveillante. Il s'y sentait assez en sécurité pour s'y reposer aussi, perché sur une grosse branche. La seule créature dangereuse du secteur était Tara, la louve rescapée du coven Ravenstar. Sa loyauté envers Sélène était absolue. Flanquée de ses deux petits, nés dans ces bois, Tara parcourait son territoire, poussant même des animaux blessés ou égarés en direction du refuge. Elle savait que la panthère noire qui arpentait son domaine faisait partie des protégés de Sélène et ne représentait aucun danger pour elle. Ils se croisaient parfois, sans que jamais la moindre hostilité n'émane de la louve. D'autres animaux n'avaient pas eu leur chance : les rescapés du coven Ravenstar se trouvaient toujours à l'Arche, eux aussi. Destinés à être sacrifiés par les sorciers noirs afin d'accroître leur puissance, ces pauvres bêtes avaient vu leur esprit détruit. Les chances de guérison étaient faibles, toutefois certains semblaient avoir recouvré une étincelle de lucidité. Le temps et l'affection dont Sélène les entourait paraissaient accomplir le miracle de reconstruire leur esprit et leur personnalité. Cela prendrait du temps, beaucoup de temps. L'espoir était là, cependant. Ces animaux étaient les meilleurs exemples de la bonté de celle qui était l'âme du refuge et de ceux qui l'aidaient.

Rowan ôta son tee-shirt. Ce mois de septembre était étonnamment doux. Il serait vite en nage, il le savait. La nudité ne le dérangeait pas, comme il l'avait expliqué à Gwenn. Il était un changeforme, à l'aise tant sous sa forme humaine que sous sa forme féline. Sans attendre, il se mit au travail. Sélène gérait son refuge de main de maître, n'épargnant pas sa peine. Elle n'avait jamais rien demandé à Rowan en échange de son hospitalité. Dans les premiers temps, le Chat d'argent avait mis un point d'honneur à ne surtout pas lui être redevable, s'activant de longues heures durant. Peu à peu, il s'était détendu. Ce travail était même devenu un plaisir. Il se sentait utile. Il avait une place dans ce microcosme, et cette place n'était ni la conséquence de ses pouvoirs ni des avantages que l'un ou l'autre pouvait en tirer. On l'acceptait tel qu'il était, sans rien lui demander en retour. Lorsqu'il avait une question à poser, c'était à Korenn qu'il s'adressait, même si ces derniers temps, Rowan s'était aperçu qu'il se tournait aussi vers Sélène. La tâche du jour, il l'avait accomplie plusieurs fois depuis son arrivée. Il s'agissait de retirer les vieux poteaux d'un enclos pour ensuite les remplacer. Une activité qui ne demandait pas de concentration particulière, mais qui, en sollicitant son corps, lui permettait de se vider l'esprit. Il aimait sentir ses muscles se tendre sous l'effort physique.

— Tu te compliques la vie.

Il avait senti Korenn arriver avant même que son frère vienne se poster à côté de lui.

— Pourquoi n'utilises-tu pas tes griffes ? reprit Korenn.

— Pour le défi.

— Si tu veux du défi... Celui qui réussira à desceller le plus grand nombre de poteaux sera déclaré grand vainqueur.

— Le premier en haut a gagné !

Sans attendre la réponse de son frère, Korenn s'élança. Rowan secoua la tête en souriant. À neuf ans, son petit frère n'avait pas encore compris qu'il ne pouvait pas l'emporter contre lui. Sauf s'il décidait de perdre. Aujourd'hui était un bon jour pour l'enfant : Rowan était d'humeur joueuse. Aussi prit-il son temps pour muter, avant de bondir à la poursuite de la jeune panthère noire qui filait à travers bois. Leur objectif était un gros rocher situé au sommet de la colline. Korenn, nota l'aîné en le suivant à quelques mètres de distance, avait gagné en vélocité. Ses mouvements étaient parfaitement coordonnés, débarrassés de la maladresse touchante des jeunes félins. Sa patte était plus sûre aussi, lui permettant de mieux gérer ses appuis et prises d'élan. Encore quelques années, et il représenterait un adversaire redoutable. Rowan accéléra, fit mine de regagner du terrain, incitant son frère à augmenter son allure. Bientôt, le fameux rocher fut en vue. Le petit redoubla d'efforts pour ne pas se faire rattraper si près du but. Sa patte toucha le rocher quelques secondes avant celle de son aîné. Il ne s'agissait pas non plus de le laisser gagner trop facilement ! Korenn poussa un feulement ravi avant de se coucher, ses flancs luisants se soulevant et s'abaissant à un rythme rapide. Rowan, lui, était à peine essoufflé.

— J'ai gagné ! fanfaronna Korenn, une fois qu'il reprit forme humaine.

— La prochaine fois, j'arriverai le premier.

— Demain ?

— Demain.

Comme autrefois, Korenn n'attendit pas de savoir si son frère était d'accord ou non pour relever le défi. Il transforma ses mains et ses avant-bras en pattes munies de griffes redoutables, qu'il planta dans le bois pour s'y arrimer. Rowan ne dit rien. Il n'avait pas besoin de transformer une partie de son corps pour rivaliser avec Korenn. Bandant les muscles, il fit appel à toute sa puissance et sortit le poteau sans effort apparent. La compétition s'engagea dans un silence amical. L'herbe autour de l'enclos fut bientôt jonchée de poteaux. Rowan était conscient de toutes les sensations qui le parcouraient tandis qu'il effectuait cette tâche délassante : la sueur qui se formait sur sa peau, la caresse du vent de cette fin d'été, la chaleur du soleil, l'odeur de la terre, celle dégagée par les bêtes du refuge. Surtout, il sentait la présence de son frère, ce frère qu'il avait élevé du mieux qu'il pouvait après la disparition de leurs parents, ce frère à qui il avait fait défaut. Au cours de ses années de captivité, Rowan n'avait cessé de s'inquiéter pour Korenn, priant toutes les divinités qu'il connaissait d'épargner à ce dernier le même sort que lui.

— Comment fais-tu ça ? s'exclama Korenn, un peu essoufflé par la cadence à laquelle il avait travaillé.

Mains sur les hanches, il regarda son aîné avec une admiration non feinte. Comme lorsqu'il n'était encore qu'un petit garçon, songea Rowan, le cœur serré. Il ne méritait pas cette admiration. Sa puissance, il la devait aux actes qu'il avait commis sous les ordres de Karadeg Lancaster.

— Combien de vies as-tu perdues ?

C'était la première fois que Korenn lui posait la question. Ils parlaient peu du passé, en grande partie parce que Rowan ne le souhaitait pas et détournait la conversation chaque fois que celle-ci prenait un tour un peu trop personnel.

— Plus que toi.

Rowan esquissa un sourire narquois qui, il le savait, ne se refléta pas dans ses yeux. Un Chat d'argent disposait de neuf vies. Chaque mort lui permettait de gagner en puissance. Une puissance dont pouvaient profiter les sorciers qui parvenaient à revendiquer cette créature rare. Karadeg ne s'était pas privé d'user de ce pouvoir. Par chance, Korenn avait échappé à ce sort funeste. Certes, en se liant à Sélène, il partageait ses vies restantes avec elle, mais Rowan savait que jamais la compagne de son frère n'abuserait de ce privilège. Korenn avait perdu trois vies. Il lui en restait encore de nombreuses, que Rowan lui souhaitait longues et heureuses aux côtés de la femme qu'il aimait.

— Tu peux te rendre invisible, insista Korenn. Et donc, tu disposes d'une force herculéenne. Quoi d'autre ?

Rowan soupira intérieurement. Il connaissait assez son frère pour comprendre qu'il s'obstinerait jusqu'à obtenir une réponse. Il transforma ses yeux. Il savait, pour avoir observé son reflet dans un miroir, que l'effet de ce regard félin dans son visage humain était un peu étrange. Levant une main, il fit apparaître une longue griffe unique au bout de l'index. Si Korenn pouvait modifier ses mains, lui pouvait modifier chaque partie de son corps de façon subtile, à l'envi. C'était un signe que son pouvoir était plus puissant.

— Combien de vies ?

Korenn semblait soucieux, à présent. Il devinait que son frère ne devait plus disposer de beaucoup de sursis pour avoir développé de telles capacités.

— Le nombre de vies qu'il me reste n'a pas d'importance, petit frère. La seule chose qui compte est la qualité de chacune d'entre elles.

Korenn grogna devant cette réponse qui n'en était pas une. Il n'insista pas, cependant. Ils entreprirent de rassembler les vieux poteaux en un seul tas, sans échanger un mot.

— Comment nos parents ont-ils pu mourir dans cette inondation ?

Korenn ne paraissait pas vraiment attendre de réponse, les yeux perdus dans le vide. Rowan choisit pourtant de lui en donner une. C'était encore un sujet dont ils n'avaient jamais parlé. Peut-être était-il temps de le faire.

— Il ne leur restait plus de vie. Ils étaient très âgés, tous les deux, même s'ils avaient l'apparence de trentenaires.

— Ce qui signifie qu'ils étaient au summum de leur puissance.

— Cela ne rend pas invulnérable.

Rowan se tut quelques secondes avant de reprendre la parole.

— Tu ne le sais peut-être pas, car tu étais trop jeune, mais ils s'étaient liés.

— Deux Chats d'argent peuvent donc se lier ? s'étonna Korenn.

— Il semblerait. Durant des siècles, ils ont partagé leurs vies. Mais cela signifie qu'une fois toutes les vies épuisées, la mort de l'un entraîne celle de l'autre.

— C'était une crue si puissante, murmura Korenn. J'ai toujours pensé que mes souvenirs n'étaient pas très fiables, que ma jeunesse me faisait me rappeler ces événements de façon exagérée.

— Je ne crois pas que tes souvenirs soient erronés. Un barrage s'est rompu, à des dizaines de kilomètres de là, et tout s'est déversé en un rien de temps. Il y a eu beaucoup de victimes.

— Nous avons eu de la chance.

— Oui.

Le grondement fit trembler la terre. Rowan se figea. Quel était ce bruit ? D'instinct, il tourna la tête vers son père. Eflamm se remit de sa surprise plus vite que son fils.

— La colline ! hurla-t-il pour couvrir le roulement de tonnerre qui semblait fondre droit sur eux.

Ils se mirent à courir, attrapant Korenn au passage. Tous trois entreprirent de gagner la pente, sous leur forme féline qui leur garantissait une plus grande rapidité. La grande panthère noire saisit le chaton qu'était Korenn dans sa gueule. Rowan suivait sans peine, le cœur battant à tout rompre. Il savait qu'ils ne parviendraient pas à échapper aux flots boueux qui se déversaient à présent dans leur direction. Il redoubla d'efforts, sans quitter son père des yeux, comme pour puiser dans cette immense panthère la vigueur qui lui manquait. Un cri lui échappa lorsque le sol sembla se dérober sous ses pattes, tandis que la morsure de l'eau glaciale s'abattait sur lui. Rowan, toutes griffes dehors, chercha un point d'appui, n'importe quoi. Déjà, les flots l'emportaient, l'éloignant de son père et de son frère. Une vague le submergea, le goût de la boue envahit sa gueule alors qu'il se débattait pour revenir à la surface. Ne pas rester sous l'eau. Ne pas se noyer. Crachant et toussant, au prix d'un immense effort, la panthère planta ses griffes dans un arbre dont les branches balayaient le torrent. Il se hissa tant bien que mal hors de l'eau. Secoué de frissons de terreur et de froid, il demeura prostré quelques instants, regardant avec effroi le flot tempétueux qui passait sous lui. Par-dessus le bruit de l'eau déchaînée, il lui sembla entendre un rugissement de fauve blessé. Rowan frissonna. Peut-être était-ce seulement un effet de son imagination ? Il se redressa, observa le paysage dévasté autour de lui. La vague poursuivait sa route, ravageant tout sur son passage. Çà et là, au milieu des flots, émergeaient des rochers ou des arbres. Avec précaution, faisant des pauses pour estimer les risques à chaque fois, il bondit jusqu'à gagner une position plus haute. Une fois assuré de ne plus être en danger, Rowan muta.

— Korenn ! Papa !

Il hurla pour couvrir le fracas des flots, plusieurs fois. Quelle distance avait-il parcourue, lorsqu'il avait été emporté ? Cela lui avait paru à la fois très long et très bref. Soudain, il lui sembla entendre quelque chose. Sans se préoccuper du froid et de la douleur, le jeune homme s'élança, ses sens félins en alerte. Là ! Recroquevillé contre un arbre, Korenn attendait. Il reçut contre lui le petit garçon.

— Où est papa ?

— Je... ne sais... pas. Il m'a lâché et est parti... sans se... retourner.

Korenn claquait des dents.

— *Il est allé chercher... maman ? Hein ?*

Rowan hocha la tête, le cœur serré. Il fut le premier à muter, vite imité par son frère, qui poussa un miaulement plaintif en venant se blottir contre lui. Sous leur forme féline, protégés par leur fourrure, ils ne mourraient pas de froid. La vallée qui s'étalait sous leur regard n'était plus qu'une immense étendue d'eau agitée de remous, charriant tout ce qu'elle avait arraché sur son passage. De là où ils se tenaient, ils auraient pu voir leur petite maison, en temps normal. Cette maison où leur mère était demeurée pendant que ses « trois hommes » comme elle aimait à dire, étaient partis chasser. Aouregan avait-elle réussi à s'échapper, à gagner un point plus élevé, comme eux ? Rowan l'espérait de toute son âme. D'un petit coup de tête affectueux, il incita le chaton noir à se détourner du spectacle tragique. La nuit allait bientôt tomber, ils devaient dénicher un abri. Le printemps n'en était qu'à ses prémices, les nuits étaient encore froides. Dans ce chaos, les deux frères ne trouveraient pas de vêtements avant longtemps, et il ne devait pas oublier que leur nature de Chats d'argent les rendait vulnérables. Toute aide qui leur serait offerte pouvait se retourner contre eux. Rowan réprima un frisson : ils étaient livrés à eux-mêmes en attendant de retrouver leurs parents, et en tant qu'aîné, il lui incombait de prendre soin de son cadet. L'angoisse lui coupa presque le souffle. Korenn dut sentir que quelque chose n'allait pas, car il vint se coller contre lui, levant son regard vert empli de crainte sur celui qui était son unique repère. Ils allaient devoir rester à l'écart, songea Rowan, quand bien même leur situation était pénible. Korenn était encore trop jeune pour maîtriser pleinement ses métamorphoses. Si on les voyait, ils pourraient devenir des proies pour des personnes malintentionnées. Le petit tituba. Il était sous le choc, et plusieurs transformations en si peu de temps l'avaient épuisé. Rowan l'invita à grimper sur lui avant de faire la chose la plus difficile de son existence : tourner le dos à leur passé.

Ils avaient attendu plusieurs jours, sans s'éloigner, Rowan chassant pour les nourrir. Puis, il avait fallu se rendre à l'évidence : ni Eflamm ni Aouregan ne reviendraient. Lorsque la décrue s'était amorcée, les deux frères étaient malgré tout retournés vers ce qui demeurait de leur foyer. Silencieux, ils avaient contemplé l'amas de bois, de boue et de déchets qui se trouvait à l'endroit où s'était dressée une maison. Korenn avait glissé sa petite main dans celle de Rowan. Ce jour-là, Rowan avait cessé d'être un adolescent. Responsable de son jeune frère, il était devenu un homme.

— Il va falloir planter les nouveaux poteaux.

— On s'en occupera demain. Je crois qu'on a mérité une bonne bière, répondit Korenn en lui assénant une claque sur l'épaule.

— Tu parles comme un véritable natif de Tir Mehan.

— La fréquentation des Kergallen et des de Chânais est une excellente école. Et puis la bière, c'est bon.

— Meilleur que le whisky, approuva Rowan en récupérant son tee-shirt.

— Ne dis pas ça à Kieran, il t'en voudrait à mort ! Tu sais qu'il ne jure que par sa tisane écossaise.

Ils se dirigèrent d'un pas lent vers la zone animée de l'Arche. À la façon dont Korenn penchait la tête, un léger sourire sur les lèvres, Rowan devina qu'il devait communiquer avec Sélène. Le lien entre ces deux-là était fort. Il l'était avant même qu'ils se lient. Rowan en avait eu un aperçu juste avant que Korenn défie Sorenza pour sauver sa belle magicienne. L'intensité des regards et des émotions que les amants avaient révélés avait suffi à convaincre Rowan. Son frère était amoureux. À partir de cet instant, Rowan s'était senti prêt à tout pour Sélène. Elle était celle que son petit frère avait choisie. Le temps qui s'était écoulé depuis n'avait fait que renforcer ce sentiment protecteur, qui s'était étendu peu à peu au reste de cette étrange famille. Une protection qu'il leur accordait de bon cœur, et non parce qu'une malédiction le contraignait à obéir.

Chapitre 4

Corentin éteignit l'ordinateur.

— Une fois encore, la page *Les Arches y m'aident* va faire un tabac, grâce à mon talent de photographe et metteur en scène.

— Ta modestie me surprendra toujours, ironisa Sélène.

— Ces photos sont magnifiques, admets-le.

De temps en temps, pour animer la page Facebook et le compte Instagram de l'Arche, Sélène mettait en scène les pensionnaires dans des photos amusantes ou touchantes. Elles rencontraient en général un grand succès. Cette fois-ci, Corentin avait tenu à se charger seul de la séance, sachant que sa sœur était débordée.

— As-tu bien conscience du prix à payer ? Quand Gwenn va s'apercevoir que tu as ruiné ses tissus, tu auras intérêt à fuir loin, très loin, très très loin...

— Avec un peu de chance, elle n'en saura jamais rien, surtout si personne ne me dénonce.

— Parce qu'en plus, tu ne lui as rien dit ? Tu lui as volé ses tissus ?

— Je n'ai rien volé, protesta Corentin, vivante image de la vertu offensée. Je les ai seulement empruntés.

— Un emprunt implique une restitution, rappela sa sœur.

Corentin grimaça avant de hausser les épaules.

— Je ne pensais pas que ça serait si difficile de faire tenir les animaux tranquilles pendant la séance. Et ce n'est pas vraiment ma faute si le tulle est aussi fragile !

— Elle va te tuer, laissa tomber Sélène d'un ton fataliste. Adieu, petit frère, je t'aimais bien.

— Gwenn n'est pas aussi méchante qu'Azilis ou toi. Qu'est-ce qui peut m'arriver ? Je vais la dédommager, et puis voilà.

— Que fait Gwenn de ces tissus ? s'enquit Rowan, qui avait suivi l'échange en silence.

— Elle est couturière. Elle réalise entre autres les costumes des pièces de Morgane et Elwyn, expliqua Sélène.

Rowan haussa un sourcil surpris. Il avait assisté à quelques représentations et se rappelait avoir été impressionné par les costumes. Ainsi, c'était Gwenn qui les cousait. Voilà qui s'accordait assez bien à son tempérament discret et patient. Il l'imaginait facilement penchée sur sa machine, ou l'aiguille à la main.

— Enfant, Gwenn customisait déjà nos déguisements. Quelques boutons par-ci, un ruban par-là et elle réalisait une œuvre d'art. Les adultes ont vite renoncé à s'en mêler.

— Je me souviens de mon costume de Robin des Bois pour le carnaval de l'école, ajouta Corentin avec un large sourire. Une tuerie !

— Et elle n'avait que quatorze ans ! souligna Sélène, de toute évidence fière de sa cousine. Tu vas souffrir, Corentin, si elle décide de te punir. Rappelle-toi la fois où elle a jeté ce sort à cette cliente qui ne l'avait pas payée pour son travail...

— Quel genre de sort ? demanda Rowan, amusé par la grimace de Corentin.

— Tous les vêtements de la dame devenaient trop petits. Elle avait beau en acheter des neufs, ou prendre une taille au-dessus de la sienne, ils rétrécissaient. Or, c'est une femme d'affaires importante, qui ne peut pas se permettre d'être mal fagotée. Elle a fini par payer son dû, et Gwenn, qui est effectivement une gentille fille, a levé le sortilège.

— C'est toujours mieux qu'être transformé en crapaud ou en âne, marmonna Corentin.

— Il parle d'expérience, souligna sa sœur, mutine.

Korenn les rejoignit à ce moment-là, portant une grande glacière.

— Tout est prêt pour le pique-nique.

Rowan sentit sa bonne humeur s'envoler. Pour son anniversaire, Cyrielle avait réclamé un pique-nique sur la plage. Pourquoi cette enfant ne pouvait-elle pas faire comme toutes les fillettes de son âge ? Une fête à la maison, avec quelques copines, des ballons de baudruche, des bonbons et un beau gâteau de princesse ? D'après ce qu'il avait vu à la télévision, c'était ainsi que Rowan imaginait que les petites filles fêtaient leur anniversaire. Cyrielle, elle, voulait un pique-nique en famille. Joanna avait proposé d'organiser cela au pied de son phare et de faire en sorte que le beau temps soit de la partie. Il ne manquait jamais de volontaires pour s'occuper de sa fille de quinze mois. En compagnie de Tasia, elle ne pouvait faire usage de son don comme elle le voulait. L'enfant aspirait la magie de toute personne qui la touchait. Depuis peu, ses capacités se renforçaient encore, puisqu'elle affaiblissait le pouvoir de ceux qui se trouvaient proches d'elle, même sans contact physique. Lorsqu'elle s'éloignait assez de la petite, Joanna s'empressait de manipuler les éléments, la privation temporaire de son don lui ayant permis de prendre conscience de l'importance de celui-ci pour elle. Maintenir le beau temps au cours d'une fête de famille était pour elle un vrai plaisir ! Cela dit, cette fin d'été était tellement belle que la magicienne des éléments n'aurait guère de travail.

Parce qu'il s'agissait de Cyrielle, Rowan se sentait incapable de refuser de venir. Il ferait en sorte de demeurer le plus loin possible de l'eau. Personne, pas même Korenn, n'imaginait l'ampleur de sa phobie. Il avait jusqu'à présent soigneusement évité tout ce qui impliquait une baignade. En temps normal, personne ne s'offusquait de ses refus. Les Kergallen respectaient son désir de solitude tout en veillant à ce qu'il ne s'isole pas. Aujourd'hui, toutefois, tout le clan sans exception serait là, même Morrigan, la fille de Nina et Marzhin. Il ne pourrait pas se soustraire à l'épreuve.

Le phare de Joanna et Dragan, An Tour Tan, se dressait, orgueilleux, face à l'océan. Rowan frémit : vivre si près de la mer, entendre le bruit des vagues en permanence, cela se rapprochait davantage d'un cauchemar que d'un havre de paix pour lui. Pourtant, le couple s'y plaisait, cela se sentait au soin avec lequel Joanna et Dragan entretenaient les lieux. Avec l'arrivée du bébé, ils avaient emménagé dans une coquette petite maison, bâtie au pied du phare. Dragan semblait détonner dans ce paysage de carte postale, avec ses tatouages et son allure de *bad boy,* mais il y était à son aise. Sa fille aux boucles noires et aux yeux caramel dans les bras, il accueillait les arrivants, l'air détendu.

— Je ne vous montre pas le chemin, vous connaissez les lieux, lança-t-il au quatuor.

Tasia tendit les bras vers Corentin. Le jeune homme l'attrapa avec habileté.

— Tu as raté ta vocation, petit frère. Ce n'est pas vétérinaire, mais pédiatre que tu devrais devenir.

— Les enfants me reconnaissent pour ce que je suis, répondit Corentin d'un air suffisant.

— Un grand gamin ? glissa Korenn.

— Le grand frère idéal.

Un éclat de rire salua cette déclaration. En temps normal, Rowan aurait joint son hilarité à celle des autres. Il aurait même pu s'attendrir du tableau formé par ce grand gaillard aux cheveux auburn et au visage piqueté de petites taches de rousseur et de la petite fille potelée qui lui souriait avec confiance. La proximité de la mer, la menace représentée par cette immense étendue d'eau balayaient toute autre considération. C'est donc en silence qu'il s'engagea sur le sentier menant au pied de la falaise. Là se trouvait une crique de sable fin où plusieurs membres du clan s'activaient déjà, installant couvertures et chaises pliantes. On héla les arrivants avec bonne humeur. Par chance, personne ne releva la réaction taciturne de Rowan. Veillant à demeurer le plus loin possible des vagues qui venaient mourir sur la petite plage, le Chat d'argent participa aux préparatifs.

— Il y a de quoi nourrir une armée, constata Morrigan.

— Il faut bien ça pour toute la tribu, rétorqua Nina en exhibant un plateau d'amuse-bouches.

Thaïs et elle disposèrent des plats sur des tables recouvertes de jolies nappes, tandis que plusieurs hommes s'occupaient du barbecue. Eira et Kalan bâtissaient un château de sable sous la houlette de Corentin. Cyrielle, ravie, se tenait aux côtés de Sophie. La vieille dame avait déplié un parasol sous lequel elle s'abritait tout en papotant avec son arrière-petite-fille.

Malgré la foule qui se pressait sur la bande de sable, malgré les rires, malgré la bonne humeur, Rowan eut envie de s'enfuir. De muter, pour mettre le plus de distance possible entre ce lieu, ces gens et lui. Le bruit des vagues, lancinant, sembla prendre de l'ampleur, jusqu'à occulter tous les autres sons, se transformant en un grondement qui le renvoya des années en arrière, lors de cette inondation... Rowan ferma les yeux, le souffle court. Il fit demi-tour, prêt à s'enfuir, cherchant son frère d'un regard fébrile. Il ne l'abandonnerait pas !

Aussi soudainement qu'elle était venue, la panique reflua. Les conversations lui parvinrent à nouveau de façon distincte, sa respiration s'apaisa. Korenn enlaçait Sélène, son visage exprimant l'amour et le bonheur qu'il ressentait, tandis que la jeune femme lui souriait. D'un pas lent, attentif à ses sensations, Rowan se dirigea vers un rocher, un peu à l'écart, sur lequel il s'installa. S'il l'avait pu, il serait parti.

— Il me faut de la crème solaire ! lança Sophie. Joanna doit en avoir dans sa salle de bain. Pourriez-vous aller me chercher cela, Rowan ?

Incapable de répondre, l'interpellé hocha la tête. Il gravit d'un pas vif le sentier. Si la panique s'était envolée, ce fut néanmoins un soulagement pour le jeune homme de s'éloigner un peu de l'eau.

La porte n'était pas verrouillée. Les talismans disposés un peu partout sur les propriétés familiales – jusqu'à Smartie, la voiture de Morgane – constituaient une protection suffisante pour repousser tout individu malveillant. Rowan, encore influencé par son séjour forcé au coven Lancaster, s'interrogeait parfois : les Kergallen étaient-ils de doux naïfs, ou était-ce lui qui se montrait trop méfiant ? Certes, tout le monde n'était pas malintentionné, pourtant le Chat d'argent était incapable d'une telle désinvolture.

Sophie lui avait indiqué la salle de bain. Rowan n'était jamais venu chez Joanna et Dragan, aussi décida-t-il de se fier à ses sens. Les senteurs de savon et autres produits cosmétiques l'assaillirent, ainsi qu'un parfum familier, mêlé à une odeur animale. Son ouïe fine capta un son. Un sanglot. D'un geste brusque, le Chat d'argent poussa la porte, faisant sursauter Gwenn. L'énorme chien qu'elle enlaçait gronda, jetant un regard d'avertissement à l'intrus.

— Gwenn...

La jeune femme plongea le visage dans la fourrure de son compagnon à quatre pattes. Pas assez vite toutefois pour masquer les larmes qui dévalaient ses joues.

— Va-t'en, hoqueta-t-elle. Ça va.

— Non, ça ne va pas.

Sans se préoccuper du chien, Rowan s'avança dans la petite pièce et vint s'agenouiller aux côtés de Gwenn. Un instant, il hésita. Il y avait bien longtemps qu'il n'avait plus de contact avec les autres. Quelques bourrades amicales avec Korenn et Corentin, une poignée de main avec les hommes, une bise sur la joue avec Sélène ou les autres femmes du clan. Rien d'intime. La détresse de Gwenn balaya vite ses hésitations. Il passa un bras autour de ses épaules minces et l'attira contre son torse, s'adossant à la baignoire. Elle se blottit contre lui, tremblant légèrement. Le chien se coucha, sa grosse tête sur les cuisses de sa maîtresse, qu'il couvait du regard. Quelques minutes s'écoulèrent, sans mot dire. Peu à peu, les tremblements cessèrent, la respiration de Gwenn ralentit. À son tour, Rowan se détendit. Faute de savoir quoi faire pour la jeune femme, il se contentait de la garder contre lui, sa main caressant ses cheveux soyeux en un geste régulier, apaisant. Il n'était pas doué avec les mots, toutes les phrases de réconfort qui lui passaient par la tête lui semblaient creuses. Mieux valait se taire et offrir son épaule plutôt que débiter des platitudes.

— Veux-tu en parler ?

Un silence.

— Non. Pas maintenant. La fête va bientôt commencer. Il faut rejoindre les autres.

Gwenn s'écarta et se leva. Rowan ressentit comme un vide. Il aimait, découvrit-il, la tenir dans ses bras. Il se redressa et attendit qu'elle ait fini de se passer de l'eau sur le visage pour gommer les traces de son chagrin. À travers le miroir, leurs regards se croisèrent. Gwenn lui adressa un pâle sourire.

— Pas très convaincant, soupira-t-elle.

Du bout des doigts, elle traça une rune de pouvoir sur son visage tout en murmurant quelques mots. Le picotement caractéristique de la magie caressa la peau du Chat d'argent. Il avait souvent observé les sorciers Lancaster pratiquer leurs rites magiques. La magie noire avait un effet abrasif sur ses sens, très différent de ce qu'il éprouvait au contact de la magie de Gwenn en cet instant. Toute trace de fatigue ou de larmes disparut de ses traits. Lorsqu'elle se retourna pour lui faire face, elle offrait à nouveau un visage serein et frais. Rowan s'interrogea, tandis qu'il la contemplait : était-ce un masque qu'elle arborait souvent pour cacher une détresse profonde ?

— Allons-y, décréta la jeune femme.

Il s'effaça pour la laisser passer, son gros chien sur les talons.

— Que faisais-tu dans la maison ? demanda-t-elle, rompant le silence gêné qui pesait entre eux.

— Sophie m'a envoyé lui chercher de la crème solaire.

Comme il s'apprêtait à faire demi-tour pour réparer son oubli, la jeune femme passa un bras sous le sien pour le retenir.

— Ne t'en fais pas. Un peu de magie suffira à lui éviter un coup de soleil.

Rowan obtempéra et reprit sa marche, heureux du contact qu'elle venait d'instaurer.

— Elle l'a fait exprès, devina-t-il. Elle savait que tu t'y trouvais.

— Sans doute. Tante Sophie sait tout, ou presque. C'en est presque angoissant.

— Pourquoi moi ?

— Il ne faut pas se poser de question sur les motivations de notre Siphonnée. Je suis heureuse qu'elle t'ait envoyé, reprit Gwenn après un bref silence.

Ils arrivèrent au sommet du sentier et Rowan s'étonna de ne ressentir aucune angoisse à la perspective de revenir si près de l'objet de sa phobie, surtout si peu de temps après sa crise.

— Tu as un effet apaisant sur moi.

Gwenn ne répondit pas. Il vit que sa remarque la mettait mal à l'aise. D'un geste lent, Rowan se détacha d'elle. La jeune femme se mordilla la lèvre inférieure puis sembla prendre une décision.

— Allons nous promener un peu plus loin. Il y a une longue plage où Bandit pourra se dégourdir les pattes.

— Et l'anniversaire de Cyrielle ?

— Personne ne s'apercevra de notre absence avant un bon moment, à mon avis.

— Sauf Sophie.

Gwenn sourit, soudain plus détendue.

— Sauf Sophie. Mais tu la connais : elle sait tout...

— … mais elle ne dit rien, acheva Rowan.

Ils tournèrent les talons, suivis par l'espèce d'ours qui servait de chien à la jeune femme. Rowan se sentit étrangement enthousiaste à l'idée de cette promenade en la seule compagnie de Gwenn. En bordure d'eau.

Chapitre 5

Gwenn avançait d'un bon pas. Rowan la suivait sans problème, calquant son allure sur celle de la jeune femme. Devant eux, Bandit folâtrait, ravi de se dégourdir les pattes. Après une crise, Gwenn était tentée de se terrer chez elle, alors que son fidèle compagnon ne rêvait que d'une chose : courir. Les besoins de son chien obligeaient la magicienne à sortir, l'empêchant de s'isoler et de ressasser. C'était pour cette raison que Sélène avait choisi un chien, plutôt qu'un chat.

Les deux jeunes gens ne parlaient pas, chacun plongé dans ses pensées. C'était un silence agréable, qu'ils n'éprouvaient pas le besoin de combler. Gwenn réfléchissait à l'incident qui venait de se produire. Elle avait manqué de prudence, trop confiante en sa capacité à gérer les émotions d'autrui. Ce qui s'était passé lui démontrait qu'elle avait encore du travail à accomplir sur elle-même. À son arrivée à An Tour Tan, Gwenn avait voulu s'imprégner de l'ambiance des lieux, persuadée de trouver paix et joie. Des émotions positives et prévisibles qu'elle savait pouvoir accueillir sans se laisser déborder, parce qu'elle y était préparée. Elle ne s'attendait pas au déferlement de panique qui l'avait assaillie. Son bouclier mental avait été submergé, la peur s'était emparée d'elle au point de lui faire tout oublier. Tout, sauf une chose : la menace de l'eau. Désespérée, la jeune femme avait voulu faire demi-tour, s'enfuir loin, très loin du danger. Seule la présence de Bandit l'avait empêchée de commettre une grave erreur, comme remonter dans sa voiture pour partir sur les chapeaux de roue, au mépris de toute prudence. Le chien avait dévié son trajet, la poussant vers la maison. Aveuglée par la terreur, Gwenn s'était laissée faire. Une fois enfermée dans une toute petite pièce, elle avait pu reprendre un semblant de contrôle, puisant force et réconfort dans la chaleur de Bandit, s'accrochant à lui comme à une ancre rassurante. La crise touchait à sa fin lorsque Rowan avait surgi. Le goût amer de la peur s'attardait sur la langue de la jeune femme. La peur de Rowan. Car elle l'avait compris, c'était à lui qu'elle avait volé cette émotion si puissante.

Les embruns leur fouettaient le visage. Peu à peu, le chemin qu'ils suivaient s'inclina en pente douce. Bientôt, ils arriveraient sur une plage où le Terre-neuve pourrait laisser libre cours à son énergie débordante et sa passion pour l'eau. Un coup d'œil à Rowan apprit à

Gwenn qu'il semblait calme, même si une fine ride creusait son front. Cette fois-ci, elle ne commit pas l'erreur de baisser son bouclier mental. Elle avait eu trop de mal à le reconstruire, pelotonnée dans les bras du Chat d'argent, et le savait encore bien fragile. Il lui faudrait plusieurs jours pour le consolider. Personne ne se doutait de la puissance des émotions du jeune homme. Et cette phobie de l'eau...

Bandit fila devant eux, aboyant comme un fou. Gwenn sourit.

— Il est heureux, commenta Rowan avec un petit rire tendu.

— Oui. Mieux vaut le laisser se défouler ici plutôt que le voir ruiner l'anniversaire de Cyrielle en renversant les tables ou en arrosant les plats à chaque fois qu'il se secoue.

— Sélène est là, elle pourrait le calmer.

— Tasia est là aussi, rappela Gwenn. Le don de Sélène pourrait s'en trouver quelque peu parasité si elles sont trop proches.

Ils arrivèrent en vue de la plage. Bandit sautait dans les vagues, aux anges. Gwenn s'assit dans le sable, à l'orée de la plage, imitée par Rowan. Tandis que le chien remontait la plage sur toute la longueur, ses grosses pattes faisant jaillir des gerbes d'eau autour de lui, la jeune femme ôta ses sandales. Sous ses pieds nus, le sable était doux et tiède. À quelques centaines de mètres de là, An Tour Tan se dressait. D'où ils se tenaient, la jeune femme ne pouvait même pas distinguer les silhouettes des Kergallen. Elle se tourna vers Rowan.

— Peux-tu les voir, Œil de Lynx ? s'enquit-elle avec malice.

Elle écarquilla les yeux en voyant ceux du Chat d'argent se modifier, prenant l'aspect caractéristique des pupilles des félins. Cela ne dura pas plus de quelques secondes. Les yeux verts de Rowan reprirent leur forme habituelle.

— Je t'ai effrayée.

— Non ! J'ai été surprise, c'est tout.

Gwenn eut un petit rire.

— Il en faut plus que ça pour m'effrayer. Crois-moi, j'ai déjà vu bien plus étrange au *Sanctuaire*. As-tu déjà vu un troll sans son glamour ? Sans cette illusion qui lui donne l'allure de Monsieur Tout le Monde, c'est une autre histoire. Et ne parlons pas d'un certain Draken ! Marzhin au sommet de sa forme et en colère, ça, c'est un spectacle effrayant !

Rowan détourna la tête. Il fit mine de s'absorber dans la contemplation du gros chien qui s'ébattait. Gwenn hésita avant de relancer la conversation sur un sujet plus léger.

— Bandit aura bientôt un nouveau copain.

— Tu comptes adopter un autre chien ?

— Moi, non. Albian en revanche sera l'heureux maître d'un chien la semaine prochaine.

— Il n'en a pas parlé, fit remarquer Rowan.

— Il n'est pas au courant.

— Une surprise...

— C'est Azilis qui en a eu l'idée.

— Où est le piège ? demanda le Chat d'argent, qui commençait à bien connaître le sens de l'humour particulier de la famille.

— En quoi offrir un adorable Husky à Albian serait-il un piège ?

Rowan eut un petit rire. Albian avait fini par se résigner à subir les taquineries sur ses yeux « bleu Husky », tout comme Kieran s'était habitué à MiK – Man in Kilt – ou à « Monsieur Chocolat ». Nul doute que certains, Dragan en tête, allaient s'en donner à cœur joie et relever la ressemblance entre le maître et son chien.

— Nous avons un Husky, à l'Arche. Sélène l'a baptisé Nounet.

— Diminutif d'Albianounet, approuva Gwenn avec malice.

— L'idée ne viendrait-elle pas de Dragan par hasard ?

— De qui d'autre ?

— J'espère être là quand vous offrirez Nounet à Albian... et que vous lui expliquerez le choix du nom !

— Compte sur moi pour te prévenir.

L'irruption de Bandit interrompit leurs rires. Le chien pila à deux pas des jeunes gens et s'ébroua avec énergie, arrachant des protestations à Gwenn. Il s'étendit ensuite, langue pendante, ses yeux doux posés sur sa maîtresse.

— On dirait qu'il sourit, remarqua Rowan.

— Il est très satisfait de lui-même.

Un bref aboiement ponctua l'affirmation de Gwenn.

— Il t'est très attaché. Comme Lucifer l'est à Azilis.

Le sourire se fana sur le visage de la jeune femme. Rowan n'avait pu manquer de remarquer la façon dont elle s'accrochait à son chien pour ne pas sombrer ni celle dont il la protégeait.

— Tu ne parles jamais de ton pouvoir, reprit le Chat d'argent. Je ne t'ai jamais vu l'utiliser, non plus.

— Et pourtant..., murmura la jeune femme pour elle-même, en plongeant la main dans le sable pour le laisser s'écouler entre ses doigts.

Lorsqu'il se tourna pour la fixer de ses yeux verts insondables, elle réalisa son erreur : avec son ouïe de félin, Rowan l'avait entendue. Gwenn inspira. Après tout, ce n'était pas vraiment un secret, tout le monde était au courant dans le clan.

— Je... vole les émotions.

Rowan haussa un sourcil.

— Comme Émilie ?

— Non. Émi perçoit les émotions, elle peut être blessée par leur violence, mais elle ne se les approprie pas comme je le fais. Si on doit faire une comparaison, Tasia est celle dont le pouvoir s'approche le plus du mien. Elle vole les pouvoirs, moi, je vole les émotions. Si quelqu'un est heureux, je m'approprie sa joie.

— Et si quelqu'un est en proie à une peur panique...

Il avait compris. Gwenn grimaça.

— En théorie, mon bouclier mental est assez résistant. Parfois, il y a quelques... incidents.

Un silence s'installa entre eux. Gwenn baissa la tête, se concentrant sur le sable avec lequel elle faisait mine de jouer.

— Que m'as-tu volé, exactement, tout à l'heure ?

— Qu'as-tu ressenti ? éluda-t-elle.

— La panique a disparu d'un seul coup.

Gwenn pouvait sentir le regard insistant du Chat d'argent.

— C'est comme ça que ça fonctionne, alors : tu prends l'émotion. Et c'est toi qui la ressens.

Elle hocha la tête.

— Désolé.

Surprise, Gwenn se tourna vers lui. C'était lui qui s'excusait, alors qu'elle était entrée dans son intimité ?

— Ce n'était pas la première fois.

Ce n'était pas une question. Rowan avait vite relié les faits. Dire qu'elle avait cru être subtile !

— Non. D'habitude, ce n'est pas aussi... violent, cela dit.

— Peux-tu prendre les émotions positives aussi ?

À nouveau, Gwenn opina. Elle fit une petite grimace.

— J'évite de le faire, comme pour toutes les émotions d'ailleurs.

— Pourquoi ?

— Parce que le bonheur est enivrant. Quand on y goûte, c'est difficile de s'en passer. Une véritable drogue.

— Il n'y a pas de mal à être heureux. Ou à vouloir l'être.

— Quand on vole le bonheur des autres, c'est mal.

Rowan parut y réfléchir avant d'approuver.

— Imagine, reprit Gwenn, qu'une personne ne puisse plus ressentir la joie et la fierté qu'elle a pourtant méritées.

Sa meilleure amie, le jour des résultats du baccalauréat. Amélie avait été incapable de savourer sa mention très bien à cause de Gwenn, qui lui avait volé ses émotions par accident. Amélie avait tant travaillé pour obtenir ce résultat !

— Imagine une personne ivre à qui tu voles ses excès liés à l'abus d'alcool...

Ça, c'était elle, qui s'était retrouvée en garde à vue à l'âge de dix-neuf ans, après avoir tenté d'entrer par effraction dans un magasin... pendant que son crétin de petit-ami de l'époque ronflait sur le canapé après qu'elle lui avait pris les émotions exacerbées par son ivresse et « sa super idée pour s'éclater un samedi soir ». Un souvenir cuisant que Gwenn n'était pas près d'oublier. Une Kergallen délinquante ! Si elle avait pu se cacher dans un trou de souris, elle l'aurait fait, pour ne plus jamais en ressortir. Tout le monde dans la famille savait pourquoi elle avait agi ainsi, en dépit de tout son bon sens habituel. Personne ne lui en avait tenu rigueur, pas même ses parents. Comme chacune des Chipies à un moment ou un autre, le pouvoir avait échappé à sa maîtrise. Cela faisait partie de l'apprentissage d'une sorcière, avait rappelé Sophie avec sa bienveillance coutumière. Gwenn partait en prime avec un handicap par rapport à ses cousines : elle était l'une des plus jeunes et n'avait que douze ans lorsque Althéa, la mère de Thaïs, était décédée, privant la jeune génération de la présence équilibrante d'un prisme. Des pouvoirs capricieux, une crise d'adolescence, un bouclier encore fragile, il n'en fallait pas davantage pour déclencher quelques situations épiques. Ou catastrophiques ! Et Gwenn avait eu le chic pour s'attirer les pires ennuis...

Rowan s'apprêtait à poser une autre question quand son attention fut détournée. Suivant la direction de son regard, Gwenn vit apparaître, à l'autre bout de la plage, une silhouette féminine. Elle fronça les sourcils : il n'y avait pas de sentier praticable à cet endroit. La femme avait donc longé les falaises en escaladant les roches qui dépassaient de l'eau. Voilà qui était risqué.

L'arrivée de l'inconnue avait coupé court à leur conversation. Même si elle se trouvait à plusieurs dizaines de mètres, il n'était plus question d'aborder des sujets aussi personnels que sa magie ou la phobie de Rowan. En silence, ils s'abîmèrent dans la contemplation de l'océan. Gwenn soupira : elle aimait la mer et le vent. Parfois, elle se demandait si elle n'allait pas elle aussi se mettre en quête d'un phare. Plus probablement d'une maison, les phares n'étant pas si courants que cela. Ouvrir ses volets chaque matin sur le spectacle des vagues, coudre et broder au son du ressac, dessiner de nouveaux modèles assise dans le sable, voilà qui s'approchait du paradis pour la jeune femme. Si Rowan n'avait pas souffert de cette peur panique, elle lui aurait proposé de partir en voilier à l'occasion. Mais le Chat d'argent était un terrien pur et dur, songea-t-elle avec un petit sourire.

— Cette femme est étrange.

Gwenn, sortie de ses pensées par la remarque de son compagnon, reporta son attention sur la nouvelle venue, qui semblait en effet en proie à un dilemme. Elle piétinait le sable, s'avançait d'un ou deux pas, reculait d'un bond, pliée en deux, comme sous le coup d'une douleur intense. Puis le manège reprenait. Comme si elle mourait d'envie de mettre les pieds dans l'eau, mais qu'un fil invisible la retenait.

— Je vais aller la voir, décréta Gwenn, après une longue minute d'observation.

Elle sentit Rowan se tendre.

— Je ne risque rien, la mer est calme. Et tu n'es pas loin.

Elle se leva, frotta ses mains pour en chasser le sable et se dirigea d'un pas tranquille vers l'inconnue, qui poursuivait son étrange manège. Bandit, qui s'était redressé en même temps que sa maîtresse, lui tournait autour, gênant sa progression.

— Bandit ! le réprimanda la jeune femme. Tu vas finir par me faire tomber !

Elle s'arrêta un instant, décontenancée par l'attitude de son chien. Voulait-il lui signifier de rester à distance de cette femme ? C'était une créature menue, dont la chevelure brune semblait presque trop lourde pour ses frêles épaules. De là où elle se tenait, Gwenn entendait distinctement ses pleurs et gémissements. Elle souffrait. Ce constat raffermit la détermination de la magicienne, qui contourna son encombrant compagnon en lui intimant d'un geste de cesser son manège. Le chien émit un petit geignement, mais obéit, ne cherchant plus à la ralentir, tout en demeurant à ses côtés.

Elle n'était plus qu'à quelques pas de la femme. Son regard se porta avec avidité sur les vagues qui venaient lécher le sable. L'eau semblait fraîche. Vivante. Attirante. L'envie d'y plonger s'empara de Gwenn. Sans y penser, elle infléchit sa marche. Au lieu de se poster aux côtés de l'inconnue, comme elle l'avait prévu, elle gagna la partie humide de la plage. L'envie se fit besoin, un besoin brûlant, dévorant. Elle accéléra l'allure, le vent venant fouetter son visage. Bientôt, ses pieds nus firent jaillir des gerbes d'eau, ses chevilles, puis ses mollets en furent entourés. À peine ralentie, Gwenn poursuivit. C'est à peine si elle entendait les aboiements de Bandit, à peine si elle sentait le chien tenter de gêner son avancée. C'est à peine si elle entendit le hurlement que poussa la femme, sur la plage. C'est à peine si elle entendit les cris de Rowan. Toute son attention était focalisée sur une seule chose : l'eau. Incapable de résister à son appel, Gwenn plongea.

Chapitre 6

Elle flottait, portée par les courants. Que c'était bon ! Un sourire naquit sur ses lèvres et elle s'enfonça encore en quelques brasses puissantes. Elle ne sentait même pas la fraîcheur de l'eau, trop heureuse de se trouver à nouveau immergée dans son élément.

Une secousse au-dessus d'elle troubla sa sérénité. Une ombre s'avançait, menaçante. Elle voulut reculer, s'éloigner, crier. L'eau s'engouffra dans sa gorge, la faisant suffoquer. Elle commença à se débattre, cherchant l'oxygène qui lui faisait défaut. L'ombre, inexorablement, la poussait vers la surface. Elle voulait l'atteindre pour emplir ses poumons. Elle ne voulait pas retourner à l'air libre. Les profondeurs, fascinantes, l'attiraient... Sa vue se brouilla.

Rowan n'aurait jamais imaginé courir un jour à perdre haleine vers la mer pour s'y jeter. Bandit l'avait précédé, sa grosse masse disparaissant sous les flots à la suite de sa maîtresse. Fou d'angoisse, de l'eau jusqu'à la poitrine, le Chat d'argent vit enfin le chien émerger juste devant lui, soutenant une Gwenn inerte. Respirait-elle encore ? Rowan aurait été incapable de dire combien de temps la jeune femme était restée sous l'eau. Une éternité, lui semblait-il. Ou peut-être quelques secondes. Il prit le relais du chien, serrant Gwenn contre lui alors qu'il regagnait la sécurité du sable. Tous ses sens en alerte, Rowan guetta avec angoisse des signes de vie tandis qu'il avançait. Il faillit s'écrouler de soulagement en percevant les battements de cœur désordonnés de la jeune femme. Lorsqu'il la déposa avec mille précautions sur le sable, le Chat d'argent réalisa que son propre cœur tambourinait dans sa poitrine. Il n'eut pas le temps de s'appesantir sur sa frayeur : déjà, Gwenn revenait à elle, toussant et crachant. Bandit, après s'être secoué, vint s'allonger tout contre elle. Rowan posa la main sur la tête du Terre-neuve, reconnaissant : sans lui, le jeune homme aurait-il pu sauver Gwenn ? Certes, porté par l'inquiétude, il était entré dans l'eau, mais aurait-il pu garder son sang-froid s'il avait dû plonger pour tenter de l'en sortir ?

— Quand je... te disais... que ce n'était pas... si génial que ça de... voler les... émotions !

Gwenn haletait et toussait encore. Elle se redressa, aidée par le Chat d'argent, qui la serra contre lui. Elle se détendit, son souffle s'apaisant peu à peu. Rowan, à son tour, sentit ses muscles se décontracter, son cœur ralentir pour se caler sur le rythme de celui de la jeune femme.

— Tu es mouillé.

— Toi aussi.

— Mais... tu as peur de l'eau !

— Moins que de te regarder te noyer, murmura Rowan.

Un instant, leurs regards se trouvèrent et ce fut comme si le temps s'arrêtait. Puis une nouvelle quinte de toux secoua Gwenn, rompant le charme. Elle frissonnait, sa robe lui collait à la peau et ses cheveux dégoulinaient. D'un même mouvement, ils se tournèrent vers l'inconnue. La source du drame qui avait failli se jouer...

Elle s'était assise dans le sable, les yeux fixés sur l'océan, comme si elle était seule sur cette plage, comme si une femme n'avait pas manqué se noyer là, sous ses yeux. Elle ne paraissait plus souffrir. Bien sûr, songea Rowan, Gwenn lui avait volé son désir de se jeter dans l'eau. Pourquoi donc ne l'avait-elle pas fait, si elle en mourait d'envie ? La colère envahit le Chat d'argent : elle n'était pas venue s'enquérir de l'état de santé de Gwenn, ne les regardait même pas ! Rien ne semblait exister pour elle.

— Arrête... s'il te plaît, Rowan, arrête !

Il reporta son attention sur Gwenn, qui tremblait contre lui. Elle avait passé un bras autour du cou de Bandit, comme pour y puiser du réconfort, et fixait Rowan de ses yeux clairs et hantés. Il se calma instantanément. Deux fois en une heure, la jeune femme s'était retrouvée submergée par les émotions d'autrui. Son bouclier mental devait être des plus fragiles. Elle n'avait pas besoin de ressentir sa colère en prime.

— Je n'ai pas besoin de ta pitié ! s'indigna-t-elle en dépit de sa faiblesse manifeste.

Sans répondre, Rowan se redressa, la soulevant dans ses bras. Elle ne pesait pas bien lourd, et avec sa force de changeforme, il lui semblait porter une plume.

— Tu as besoin de vêtements secs. Et d'un café.

— Attends !

Il s'arrêta, baissa la tête pour la regarder. Elle avait l'air d'un chat mouillé, songea-t-il. Un adorable chat aux yeux vert clair, prêt à sortir les griffes en dépit de tout ce qui venait de lui arriver. Il sentit une tendresse nouvelle l'envahir.

— On ne peut pas l'abandonner, murmura Gwenn en désignant d'un geste vague l'inconnue.

— Tu as failli mourir à cause d'elle, je crois que c'est bien assez pour aujourd'hui.

— Elle a besoin d'aide. C'est pour ça que sa détresse a réussi à m'atteindre.

S'il s'était écouté, Rowan l'aurait emportée loin de cette plage maudite pour la mettre à l'abri. Mais Gwenn affichait une expression qui dénotait son entêtement, au-delà de sa vulnérabilité. Rowan soupira : c'était une Kergallen, c'est-à-dire une femme plus forte qu'elle le paraissait et surtout, déterminée. Si elle voulait venir en aide à cette inconnue, rien ne l'en empêcherait. Surtout pas lui. Il la reposa donc sur le sable, à contrecœur, sans chercher à masquer sa réprobation. Il en fut récompensé par un sourire lumineux.

— Tu as vite intégré les règles de base de survie des mâles dans cette famille !

Gwenn eut un petit rire avant de tourner les talons pour se diriger vers l'étrange jeune fille assise dans le sable. Rowan la suivit avec deux secondes de retard, encore troublé par sa remarque sur la famille. Et son sourire. Et son corps dont chaque courbe était soulignée par sa robe mouillée.

Gwenn murmura une incantation. La magie avait du bon parfois, soupira-t-elle intérieurement en sentant ses vêtements et ses cheveux perdre leur humidité. Mais elle avait tout de même beaucoup d'inconvénients... Gwenn jeta un coup d'œil à la mer, qui poursuivait son éternel va-et-vient. Combien de chances y avait-il pour qu'en un laps de temps aussi bref elle se retrouve à fuir l'eau pour mieux courir s'y noyer juste après ? La magicienne ne croyait pas à un simple hasard. Quand de tels événements se produisaient, c'était signe que le destin se jouait. Et Rowan s'était jeté dans l'eau pour la sauver, lui qui en avait si peur. La jeune femme n'eut pas le temps de s'appesantir là-dessus, pas plus que sur le déluge d'émotions, les siennes et celles du Chat d'argent, qui l'assaillaient depuis qu'il l'avait sortie des vagues. Au temps pour la sirène gracieuse !

Gwenn s'agenouilla près de l'inconnue. Déjà, une expression d'angoisse se peignait sur ses traits fins. La magicienne s'efforça de redresser les murs fissurés de son bouclier mental. Bandit vint se poster à côté d'elle. Elle passa un bras autour de son cou, puisant en lui la sérénité qui menaçait de lui échapper. Forte de ce soutien et de la présence silencieuse du Chat d'argent dans son dos, Gwenn reporta son attention sur cette jeune femme tourmentée dont le désir lancinant revenait : rejoindre l'océan.

La magicienne posa une main légère sur le bras de la jeune fille, attirant enfin son attention. Elle semblait jeune, pas même vingt ans. Ses yeux bruns brillaient d'un éclat fiévreux.

— Je l'entends, murmura-t-elle. Elle m'appelle.

— Pourquoi ne pouvez-vous pas répondre à son appel ? s'enquit Gwenn d'une voix douce.

L'inconnue détailla son interlocutrice, observa la façon dont elle s'accrochait à son chien, avant de lever les yeux sur l'homme grand et sombre qui veillait. Elle parut se recroqueviller sur elle-même. Gwenn hésita, puis força sa main crispée à relâcher la fourrure de Bandit, à laquelle elle s'ancrait pour ne pas être à nouveau aspirée par les émotions d'autrui. Le chien comprit et s'avança pour venir se lover contre la jeune fille dont la détresse frappa contre les protections encore trop fragiles de la magicienne. Dépourvue du contact avec son chien, Gwenn crut que son bouclier allait voler en éclat. Les doigts forts du Chat d'argent vinrent se poser sur son épaule. Par réflexe, elle posa les siens dessus. Le calme revint, chassant le tumulte. La jeune femme s'accrochait à Bandit en sanglotant. Sa détresse se teintait d'un certain soulagement.

— Tu n'es plus seule, reprit Gwenn. Nous allons t'aider.

Elle s'appelait Hendhael. C'était une Selkie, une créature de l'océan. Pelotonnée dans le canapé, dans le salon chaleureux de Joanna et Dragan, elle était à présent plus calme. La présence de Bandit à ses pieds et celle de Sélène expliquaient en grande partie ce répit. Les Selkies revêtaient une peau de phoque qui leur permettait de prendre l'apparence de cet animal. La part animale de Hendhael ne pouvait qu'être apaisée par la magicienne qui communiquait avec les bêtes. Rowan avait eu une bonne idée en contactant mentalement son frère et la compagne de ce dernier, tandis qu'ils ramenaient la jeune fille éprouvée à An Tour Tan. Le reste de la tribu demeurait sur la plage, quand bien même certains trépignaient à l'idée qu'une Selkie, une vraie, se trouve si proche.

Hendhael regardait l'océan par les baies vitrées, fascinée. L'appel de la mer était puissant, douloureux encore par moment, comme en témoignaient les traits crispés de la jeune femme. Un instant, Rowan avait songé à Cyrielle. La petite fille, briseuse de malédictions, pourrait-elle être d'une aide quelconque pour la Selkie ? Hélas, dans le cas de Hendhael, le pouvoir de Cyrielle ne serait d'aucune utilité.

— J'ai été imprudente, fit la Selkie. Et j'en paie le prix.

— Que s'est-il passé ? l'encouragea Gwenn.

— Savez-vous ce qu'est une Selkie ?

Elle observa le petit groupe qui l'entourait de sa présence rassurante et chaleureuse, sans émettre de jugement.

— Nous connaissons très peu de choses, en vérité, avoua Sélène.

— Nous prenons la forme d'un phoque lorsque nous sommes dans l'eau. C'est une sensation indescriptible. Quand je revêts ma peau, je deviens une autre, plus libre, plus joueuse. L'eau devient mon élément, j'y évolue sans peine.

Une expression de douleur passa sur le visage de Hendhael.

— Sur terre, nous pouvons retirer notre peau et prendre forme humaine. Nous la cachons afin que nul ne s'en empare.

— Quelqu'un a volé la tienne.

Hendhael hocha la tête, les larmes aux yeux.

— J'ai été si stupide ! Mes frères et sœurs m'avaient pourtant prévenue du danger qu'il y a à confier un tel secret à un humain ! Mais j'ai cru...

La colère l'envahit, et ce furent des larmes de fureur qui perlèrent.

— Idiote que je suis ! C'était la première fois que je venais sur terre, et j'ai cru chacune de ses paroles mensongères. J'ai cru en sa sincérité. J'ai cru... qu'il m'aimait.

Sa voix se brisa.

— Il disait qu'il m'aimait, peu importe mon apparence. Il voulait me voir et m'admirer dans l'eau. J'ai revêtu ma peau pour lui, et quand je suis sortie de l'eau, il m'attendait. Il n'avait pas peur, au contraire, il était si admiratif ! Ce que j'ai pris pour de l'amour était juste le ravissement d'un collectionneur.

— Un collectionneur ? répéta Gwenn.

— Sa demeure est immense. Dans le sous-sol, il a aménagé ce qu'il appelle son musée. Des rangées de cages de verre dans lesquelles sont enfermées des créatures de toutes sortes.

— T'a-t-il enfermée dans l'une d'elles ?

— Il n'en a pas eu besoin : sans ma peau, qu'il a soigneusement cachée, je ne peux pas m'éloigner de lui. Je ne peux pas me transformer. Je ne peux même pas entrer dans la mer. Elle m'appelle, mais c'est comme s'il y avait une ligne invisible que je ne pouvais franchir. Il peut me rappeler à lui à tout moment : il lui suffit de toucher ma peau et de prononcer mon nom pour m'obliger à le retrouver... Il peut se permettre de me laisser aller et venir. Je ne peux pas lui échapper.

Un grand froid envahit Rowan tandis qu'il écoutait la Selkie. Ce qu'elle racontait lui était si familier... Trop. Il savait avec précision ce qu'elle ressentait sans avoir besoin de recourir à une quelconque magie, pour l'avoir vécu. Le joug d'un maître auquel on ne pouvait échapper.

Karadeg Lancaster faisait les cent pas dans la pièce, les mains jointes dans le dos, le front barré d'une ride qui trahissait une profonde réflexion. Rowan attendait, immobile et silencieux. Il avait appris à n'être qu'une ombre. L'ombre mortelle du coven Lancaster. Depuis son arrivée, la puissance de cette famille n'avait cessé de croître. Leur pouvoir s'était construit sur la conscience en ruine de leur Chat d'argent. Ils s'en glorifiaient, de ce Chat d'argent, de ce trophée si convoité sur lequel l'un des leurs avait réussi à mettre la main. En l'appelant, une nuit de pleine lune, à la croisée de cinq sentiers des fées, pour réclamer le solde de ses dettes, Karadeg l'avait contraint à l'obéissance. Rowan n'avait eu d'autre choix que de mettre sa puissance au service de cet homme détestable et sa famille.

— Je veux que ça ait l'air d'un accident.

Rowan hocha la tête. C'était la seule réponse que son maître attendait de lui. Un « non » était exclu. Avec le temps, Rowan avait cessé de lutter ou de se rebeller. Le pouvoir de Karadeg sur lui était total. Se dérober demandait au Chat d'argent trop d'énergie pour un résultat qui était toujours identique : l'échec. Tôt ou tard, il devait se soumettre.

— Je veux que le fils de Graham soit mort avant la prochaine pleine lune.

Le sorcier vint se poster devant le jeune homme et le fixa de ses yeux noirs. Rowan voulut détourner le regard, s'en découvrit incapable. La magie sombre de Karadeg rampa entre eux, se coula contre sa peau, le faisant se hérisser. En lui, le félin feula de rage et de frayeur.

— Tu ne diras rien, à personne.

L'ordre envahit le Chat d'argent, brûlure lancinante qui lui laissa un goût de cendre dans la bouche. Il avait envisagé de prévenir Graham, mais Karadeg le connaissait trop bien et venait de lui interdire toute marge de manœuvre. Si Rowan tentait de parler, la brûlure ravagerait sa gorge avant qu'un seul mot soit prononcé. S'il essayait d'écrire, ce serait son bras qui lui donnerait l'impression d'être parcouru de feu liquide.

— Va.

Comme un automate, le Chat d'argent recula, conscient du sourire sadique du sorcier. Il était presque arrivé à la porte lorsque la parole lui revint.

— Condamner votre neveu ne vous fait donc rien ?

Un petit rire fut la seule réponse qu'obtint Rowan. Non, bien sûr. Aux yeux de Karadeg, le fils de son frère ne comptait pas. Seul le pouvoir avait de l'importance. Pour les Lancaster, Graham était un traître à son clan. Il avait choisi de quitter le coven pour s'installer avec une femme dénuée de magie. Par un de ces tours dont le destin était friand, l'enfant né de l'union d'une simple humaine et d'un sorcier au pouvoir sans intérêt s'avérait très puissant. Tous les oracles et devins s'accordaient à dire que le garçon représentait une menace pour le coven. Or, le coven n'avait qu'une façon de traiter une menace, quand bien même elle venait d'un être de leur propre sang.

Quelques jours plus tard

Les pleurs de la mère écorchaient l'ouïe sensible du Chat d'argent. Il aurait voulu se fermer à ces bruits, il l'aurait pu, mais il ne le souhaitait pas. Il prenait les sanglots comme autant de souvenirs de ses actes, pour nourrir sa rancœur envers ses maîtres. Un jour, un jour, il leur échapperait. Un jour, il leur ferait payer le mal qu'ils lui faisaient, celui qu'ils l'obligeaient à causer. Entre leurs mains, il n'était plus qu'un assassin. Chaque jour, Rowan les maudissait. Chaque jour, il alimentait sa colère, afin de ne pas perdre le peu de conscience et d'humanité qu'il lui restait.

Le poison avait été fulgurant. L'adolescent n'avait pas souffert. Karadeg n'avait donné aucune instruction sur la façon dont il devait mourir, juste une échéance. Rowan ne bougea pas, grande silhouette se découpant *au clair de lune. Il voulait que Graham et sa femme le voient. Qu'ils sachent. Le sorcier avança d'un pas hésitant, sans oser s'approcher davantage. Alors seulement, le Chat d'argent se fondit dans l'ombre. Il venait sans doute de condamner Graham, mais le malheureux avait le droit de connaître la vérité sur la mort de son fils. Irait-il réclamer vengeance ? En mourrait-il ? Une larme perla au coin de l'œil du chat noir qui se glissait dans la forêt. Elle se perdit dans le pelage soyeux.*

La voix de Gwenn tira Rowan de ses souvenirs morbides.

— Il ne l'a pas détruite ?

— Non. Je l'aurais senti.

— C'est encourageant. Il y a une possibilité de retrouver ta peau et de te la rendre.

Hendhael ne semblait pas partager l'optimisme de la magicienne.

— Il l'aura bien cachée.

— Si c'est un collectionneur, il la gardera à portée de main, pour l'admirer.

— Il ne nous reste plus qu'à la trouver, décréta Rowan, s'attirant un regard surpris et approbateur de Gwenn.

Gaëlle lui avait conseillé de rendre ce qui lui avait été donné. Le Chat d'argent venait de choisir sa cause.

Chapitre 7

Hendhael n'avait que de vagues souvenirs de sa fuite. Aveuglée par la douleur, elle avait simplement suivi l'appel de l'océan sans prêter attention à son environnement. Elle ignorait donc où se trouvait la demeure de l'homme qui détenait sa peau. De lui, elle ne savait rien ou presque, sinon son nom : Padrig.

— Je ne vous aide guère, souffla la Selkie, dépitée.

— Nous n'avons peut-être pas posé les bonnes questions, la rassura Sélène en lui tapotant la main. Commençons par le commencement : où l'as-tu rencontré ?

— Dans un club un peu spécial. Mes sœurs m'en avaient si souvent parlé que je voulais absolument y aller.

— *Le Sanctuaire* ? devina Gwenn.

Hendhael opina.

— Donc, s'il a pu entrer, c'est qu'il possède une forme quelconque de magie, commenta Korenn.

— Les Valkyries seront furieuses s'il s'avère qu'il s'est servi du *Sanctuaire* comme terrain de chasse, murmura Gwenn. Il faudra prévenir Brynhildr, c'est elle qui est en charge de la sécurité.

— Il était charmant, reprit la Selkie. Bien sûr, je n'ai pas beaucoup de références, mais je l'ai trouvé séduisant, drôle et cultivé. Il connaissait si bien les créatures magiques, il en parlait avec tant de passion...

— Tu m'étonnes, grommela Korenn.

— Même après m'avoir volé ma peau, il est resté... charmant. Je n'ai pas d'autre mot.

— Qu'attendait-il de toi ? demanda Rowan.

Son expérience avec les Lancaster lui avait appris une chose : rien n'était jamais gratuit. Ce Padrig ne collectionnait sans doute pas les êtres magiques pour le seul plaisir de les admirer. Il avait un intérêt à les rassembler ainsi. Tôt ou tard, il comptait en tirer quelque chose, un intérêt, du pouvoir.

— Je l'ignore. Il a juste prétendu que j'allais devenir le fleuron de sa collection. Il m'a installée dans une chambre, m'a embrassée sur le front puis est retourné vaquer à ses occupations.

Rowan fronça les sourcils.

— Par le passé, chaque fois que quelqu'un a réussi à voler une peau, le Selkie est devenu un esclave. Certains ont réussi à mieux s'en sortir, en épousant leur geôlier. Leurs unions n'étaient pas forcément malheureuses, des enfants ont même pu naître. Mais... je ne crois pas que c'est ce que Padrig attend de moi. Il s'est montré... paternel. Rien de plus.

— Un collectionneur..., réfléchit Gwenn. Nous devrions forcément trouver trace de lui quelque part.

— Ça risque de prendre du temps, objecta Sélène, qui masquait mal sa colère envers cet homme sans scrupule.

Comme Rowan, comme Korenn, elle devait sentir la souffrance de la Selkie, sa part animale prisonnière, incapable de s'exprimer ou d'assouvir son besoin primaire de rejoindre l'océan.

— Nous n'en avons pas, trancha Rowan. Il peut décider de rappeler Hendhael à tout moment.

Il ne savait que trop bien ce qu'il en coûtait de résister à l'appel de son maître. Lorsque Karadeg s'était rendu compte de sa disparition[1], la douleur avait été insoutenable. Sans le cercle enchanté qui le maintenait en Terre des hommes, Rowan aurait craqué, malgré la présence de son frère. Hendhael était jeune, vulnérable, elle n'avait personne vers qui se tourner, comme lui autrefois... C'était cela qui faisait d'eux des proies faciles pour des gens comme Padrig ou Karadeg. Non, réalisa Rowan. C'était faux. Hendhael n'était pas seule. Lui ne l'était plus. Ils avaient les Kergallen.

— Que proposes-tu ? s'enquit Korenn.

— Je déclare la chasse au collectionneur ouverte.

---

1 Voir *Les Kergallen-4 : Sélène*

Gwenn s'éclipsa tandis que le petit groupe discutait du plan de bataille. Hendhael, épuisée, venait de s'assoupir, pelotonnée contre Bandit. Le chien avait levé la tête, inquiet et indécis, en voyant sa maîtresse s'en aller. Gwenn l'avait rassuré d'un regard.

Avant de s'engager sur le sentier menant à la petite plage en contrebas d'An Tour Tan, Gwenn sonda son bouclier. Elle n'était pas assez éloignée de la Selkie pour ne pas risquer de tomber à nouveau sous l'emprise de ses émotions si elle venait à céder une fois encore à l'appel du large. Le bouclier, bien que fragilisé, lui parut assez solide pour tenir. Au pire, elle prendrait Tasia dans les bras. Le don de la petite pouvait s'avérer des plus utiles, tout compte fait !

La tribu festoyait joyeusement autour d'une Cyrielle radieuse. Tous accueillirent Gwenn avec chaleur. Et curiosité.

— Une Selkie ! s'enthousiasma Corentin. Je me demande si, sous sa forme animale, elle est absolument identique à un phoque.

— Allons bon, marmonna Dragan, le voilà reparti dans son obsession.

— Mais il y a vraiment de quoi s'interroger, argua le jeune homme.

Depuis quelque temps, Corentin s'interrogeait sur les métamorphes et leurs spécificités. Son idée de devenir vétérinaire spécialisé pour les différentes créatures capables de prendre une forme animale avait beaucoup amusé le clan, quand bien même cette orientation particulière s'avérait cohérente, judicieuse même, car il manquait de spécialistes dans ce domaine si... unique. C'était typique de Corentin, cette capacité à envisager les choses sous un angle inédit. Korenn, par affection pour son jeune beau-frère, avait accepté de se soumettre à quelques tests, qui se complexifieraient à mesure que les connaissances et la maîtrise de l'étudiant grandiraient.

— J'aimerais vous emprunter tante Sophie quelques instants, expliqua Gwenn après avoir répondu aux questions dont on l'assaillait.

La vieille dame se leva et vint prendre le bras de la jeune femme.

— La fragilité de ton bouclier t'inquiète, n'est-ce pas ma douce ?

— Oui. Il a volé en éclats deux fois aujourd'hui. J'ai l'impression de revenir à l'adolescence, juste après la mort de tante Althéa. Je ne maîtrise rien.

C'était à Sophie que Gwenn avait pris l'habitude de se confier. Sophie, bienveillante, pleine d'humour, et qui, elle aussi n'avait jamais réussi à ériger un bouclier solide autour de son esprit, faute de guide dans sa jeunesse. Les années qui avaient suivi le décès d'Althéa avaient été terribles pour la vieille dame, privée du prisme qui l'avait stabilisée depuis des décennies. Avec la naissance des jumeaux de Thaïs, elle avait retrouvé toute sa lucidité.

— J'ai besoin de le consolider, reprit Gwenn, sans chercher à masquer son inquiétude. J'ai l'habitude à présent du tourbillon émotionnel qui agite la tribu, je suis immunisée, en quelque sorte. Les émotions des autres, en revanche...

— Tu as progressé, Gwenn.

— Ce n'est pas l'impression que j'ai, constata avec amertume la jeune femme.

— Pourtant...

— Regarde ce qui s'est passé aujourd'hui, tante Sophie. Il est évident que je n'ai pas avancé d'un iota.

— Ces dernières années, les incidents ont été rares, il n'y en a plus eu depuis la naissance d'Eira et Kalan.

— Deux fois aujourd'hui, rappela Gwenn.

— Parce que Rowan te touche comme personne, ma douce. Tu es proche de lui, et même s'il fait partie de la famille à présent, il n'est pas arrivé depuis si longtemps que cela. Tu n'es pas immunisée. Ses émotions sont puissantes, tu y es d'autant plus sensible. Ton bouclier était si fragile après ce premier incident qu'il n'a pas résisté à Hendhael. Mais tu n'es plus la petite jeune fille terrifiée et impuissante que tu étais autrefois. Tu es une jeune femme forte. Tu maîtrises ton don.

Elles marchèrent en silence pendant quelques instants, Gwenn réfléchissant à ce que la vieille dame venait de lui dire. Sophie, la sagesse incarnée...

— Lili, Korenn, Dragan, Nina, Marzhin, Albian, ou encore Kieran n'ont pas rejoint la tribu depuis si longtemps que cela. Korenn est arrivé au même moment que Rowan. Pourquoi leurs émotions ne me touchent-elles pas, dans ce cas ?

— Parce qu'ils sont sereins. En paix avec eux-mêmes et leur passé. Même Albian. Et...

Le ton de Sophie se fit malicieux, son regard pétillant se posa sur sa petite-nièce.

— Ils ne te plaisent pas autant que Rowan !

Gwenn éclata de rire. Il ne servait à rien de nier son attirance pour le Chat d'argent. Elle avait aimé qu'il la tienne dans ses bras. Elle avait aimé sentir son cœur battre contre elle tandis qu'il la berçait. Pas seulement parce qu'il l'avait sauvée ou parce qu'il la sécurisait. C'était autre chose. Un sentiment plus profond. Et Sophie, cette fine mouche qui savait toujours tout, n'avait pu manquer de le remarquer. Avait-elle eu des visions ?

— Aider Hendhael ne sera pas de tout repos, reprit la jeune femme. J'ai besoin de savoir que mon bouclier résistera. J'ai besoin d'aide. As-tu une idée ?

— Morgane devrait pouvoir t'aider. Je lui ai demandé de travailler sur un tout nouveau vernis.

— Un... vernis ?

Perplexe, Gwenn observa la vieille dame. Celle-ci lui fit un clin d'œil avant de tourner les talons, l'abandonnant sans prendre la peine de lui fournir l'explication que sa remarque étrange réclamait. Il n'y avait plus qu'à aller trouver Morgane.

***

La soirée du samedi était la plus animée de la semaine au *Sanctuaire*. Nombre de créatures fantastiques vivaient au rythme des humains, travaillant la semaine en dissimulant leurs capacités – voire leur apparence – et réservant leurs week-ends aux loisirs. Il y avait aussi les mages, magiciens, druides et autres humains dotés, comme les Kergallen, de dons. Pour les autres, ceux qui demeuraient en retrait du monde humain, c'était l'occasion de croiser le plus grand nombre de personnes et de se sentir libre, le temps d'une soirée, de se montrer tels qu'ils étaient. Peu à peu, une véritable communauté se développait au sein du club.

Le visage sombre, Brynhildr se tenait dans le hall du *Sanctuaire*, observant ceux qui franchissaient l'entrée magique. Comme l'avait deviné Gwenn, la Valkyrie n'avait guère apprécié la nouvelle que les Kergallen lui avaient apprise. Certes, le *Sanctuaire* était un territoire neutre et elle était censée se laver les mains de ce qui se passait à l'extérieur. Azilis n'avait pas résisté à l'envie de lui rappeler qu'elle les avait expulsés, Albian et elle[2]. Un démon affamé et une âme de lumière... Gwenn avait donné un discret coup de coude à sa cousine pour la faire taire : ce n'était pas le moment de mettre la Valkyrie en colère ! Découvrir que le principe du club avait été détourné et bafoué par une personne

---

2   Voir *Les Kergallen-5 : Azilis*

malintentionnée déplaisait au plus haut point à Brynhildr.

— Pas de grabuge à l'intérieur, avait-elle tranché après réflexion. C'est déjà presque contraire aux règles du club de vous laisser agir selon votre plan. Si vous créez le moindre problème, je vous expulse *manu militari.*

— Entendu, avait approuvé Gwenn. Nous serons discrets. Nous voulons juste identifier ce Padrig. Le reste se déroulera loin d'ici.

— De toute façon, avait ajouté Sélène, toujours prête à temporiser, nous ne sommes même pas sûrs de le trouver ce soir.

— J'aimerais autant que si, avait grommelé la Valkyrie en les congédiant. Plus vite vous l'aurez trouvé, plus vite *le Sanctuaire* redeviendra un havre de paix.

D'après Hendhael, Padrig était un habitué du *Sanctuaire.* Ils espéraient donc qu'il viendrait, malgré sa dernière « prise ».

— Croisons les doigts pour qu'il connaisse le mythe du Chat d'argent, murmura Gwenn en jetant un regard à Korenn et Rowan.

— Même s'il ne le connaît pas, me voir passer d'un état à l'autre devrait susciter son intérêt, répondit Rowan d'un ton froid.

Il s'était proposé comme appât, au grand dam de son frère et de Gwenn. La jeune femme savait combien il lui en coûtait de dévoiler ainsi sa nature, dans un lieu tel que le *Sanctuaire* qui plus est, lui qui préservait jalousement son espace et sa tranquillité. Ne lui avait-il pas dit, quelques jours auparavant, qu'il ne se sentait pas prêt pour un endroit comme celui-ci ? Pourtant, Rowan n'avait pas marqué la moindre hésitation. Un éclat particulier dans son regard vert avait interpellé Gwenn. Il ne voulait pas aider Hendhael juste parce que c'était la chose évidente à faire quand on était capable de faire preuve d'un peu de compassion et d'humanité. C'était un besoin pour lui. Un besoin profond, viscéral. Quelque chose s'était éveillé en Rowan, une chose que Gwenn ne parvenait pas encore à bien cerner, mais qui pouvait changer la vie du Chat d'argent, elle le pressentait.

Korenn était soucieux aussi. Mieux que quiconque, il savait combien il était difficile pour son frère de se placer dans une situation de soumission envers un homme comme ce Padrig, même s'il s'agissait d'un leurre. Cyrielle l'avait libéré de la malédiction des Chats d'argent, celle qui les vouait à une vie de servitude si trop de dettes étaient accumulées. Celle qu'avait vécue Rowan. Ce dernier s'était pourtant montré ferme : personne d'autre ne prendrait ce rôle d'appât, surtout pas Korenn. Brynhildr aussi avait pris la mesure de sa détermination : le regard qu'elle avait jeté au Chat d'argent était entendu.

C'est ainsi que, quelques heures plus tard, Gwenn, Sélène et Azilis se trouvaient réunies autour d'une table, comme trois jeunes femmes presque normales venues se détendre un samedi soir, tandis que Rowan évoluait de son côté. Seul. Korenn, en raison de sa trop grande ressemblance avec son frère, avait accepté, quoiqu'à contrecœur, de demeurer à l'extérieur du *Sanctuaire*. Un prédateur rôdait près de son frère, de sa compagne, de sa famille, et cela lui déplaisait fortement. Azilis avait imposé sa présence : le *Sanctuaire* était un lieu qu'elle affectionnait particulièrement, celui de sa nouvelle rencontre avec Albian, et la jeune femme n'acceptait pas que quelqu'un puisse nuire à cet endroit hors du commun.

— Tout va bien se passer, affirma Azilis, son Mojito à la main.

— Rien ne se passe jamais comme on le voudrait, grommela Gwenn.

Ses cousines la fixèrent, arborant la même expression inquiète.

— Ton bouclier est solide, n'est-ce pas ? demanda Sélène, sourcils froncés.

— Oui. Morgane m'a concocté un petit vernis pour le renforcer.

Gwenn sourit en voyant la tête de ses cousines. Elle comprenait pourquoi Sophie adorait faire ce genre de remarque sibylline. Elle prit le temps de boire une gorgée de son cocktail avant de désigner ses boucles d'oreille.

— C'est un des talismans dont Morgane a le secret. Elle le qualifie de « vernis protecteur », car il renforce mon bouclier mental en comblant chaque fissure qui pourrait subsister ou apparaître.

— Notre Morgane est la reine des pierres enchantées, constata Azilis avec fierté.

Elles trinquèrent en l'honneur de la magicienne des pierres, qui trouvait sans cesse de nouvelles façons d'utiliser ces dernières.

— Où est Albian ? reprit Gwenn. Je suis surprise qu'il ne se tienne pas en embuscade, prêt à te défendre bec et ongles en cas de problème.

— Mon démon sait que je suis de taille à me défendre toute seule comme une grande.

Afin d'appuyer ses dires, Azilis passa en projection astrale, sous laquelle elle déplaça le verre de Sélène sur la table, avant de réintégrer son corps physique. Le tout ne dura pas dix secondes. Désormais, interagir depuis le plan astral ne lui demandait presque plus d'effort.

— Sans compter mes cours à la salle de Dragan, reprit Azilis d'un air supérieur.

— Il n'empêche que je suis surprise, moi aussi, insista Sélène avec un petit sourire que sa cousine lui rendit.

— Il patrouille lui aussi dans le secteur, au cas où. Mais vous ne le verrez pas.

Ainsi, comprit Gwenn, le démon se trouvait quelque part dans les parages, enveloppé dans son voile d'invisibilité. C'était rassurant de savoir qu'ils étaient plusieurs à veiller sur Rowan. Une famille. Voilà ce qu'ils étaient. Elle tourna discrètement les yeux en direction du Chat d'argent, pour lui transmettre cette force qu'elle sentait lovée en elle, rassurante et lumineuse.

Chapitre 8

Seul au milieu d'une foule. C'était une sensation que Rowan avait connue presque toute sa vie. Tandis qu'il évoluait au milieu des êtres surnaturels venus se divertir au *Sanctuaire,* le Chat d'argent avait cependant réalisé que ce sentiment de solitude s'était estompé depuis son arrivée en Terre des hommes. Depuis ses retrouvailles avec son frère. Depuis sa rencontre avec les Kergallen. Un regard en direction du trio qui papotait autour d'une table suffisait à rappeler à Rowan qu'il n'était pas seul. Gwenn le suivait discrètement des yeux et c'était comme si un fil invisible les reliait.

Rowan avait consciencieusement arpenté le club, panthère imposante et élégante ou chat vif et agile. Il avait aussi pris forme humaine une fois, conservant ses yeux et ses oreilles de félin afin que ne subsiste aucun doute dans l'esprit des éventuels observateurs. Heureusement que la nudité ne le gênait pas. Estimant qu'il ne pouvait guère attirer davantage l'attention du collectionneur si ce dernier était présent, Rowan décida qu'il était temps de s'en aller. La panthère se dirigea donc vers le vestiaire, où ses affaires l'attendaient.

— *Tu as fait sensation*, souffla la voix rieuse de Sélène dans son esprit.

— *Je ne suis pas le seul changeforme.*

— *Tu es le seul à pouvoir adopter plusieurs formes, et de façon instantanée. Crois-moi, tu n'es pas passé inaperçu.*

— *Personne ne m'a abordé, pourtant.*

— *Menteur ! J'ai vu plein de jolies filles te tourner autour lorsque tu es allé passer commande au bar. Je n'en mettrais pas ma main à couper, vu la distance et la pénombre, mais j'ai cru voir quelques mains s'égarer.*

— *Aux dernières nouvelles, Padrig n'est pas une fille.*

— *Pfff... Rowan, si je n'avais pas remarqué les regards que tu échanges avec notre Gwenn, je commencerais à m'inquiéter pour toi, tu sais.*

— *Je suis d'accord pour que Gwenn devienne ma belle-sœur,* intervint Korenn.

— *Depuis quand jouez-vous les entremetteurs, tous les deux ?*

— *Tu lui plais aussi. Elle ne te quittait pas du regard. Je crois qu'elle a été très déçue que tu ne te tournes pas vers nous, nous avons dû nous contenter d'admirer tes fesses, qui sont très jolies, soit dit en passant.*

— *Eh ! Tu n'es pas censée remarquer les fesses de mon frère !* protesta Korenn.

— *Toi aussi, tu as de jolies fesses, chéri.*

Rowan réprima un éclat de rire. Même à travers cet échange mental, il sentait Korenn lever les yeux au ciel en secouant la tête d'un air faussement désapprobateur.

— *Si Padrig cherche à entrer en contact, ce sera sans doute dans un lieu moins fréquenté. Il voudra de la discrétion.*

Il perçut l'approbation des deux autres.

— *Je serai là*, promit Korenn, redevenant sérieux.

— *Je sais, petit frère.*

Le silence qui régnait dans la clairière était d'autant plus frappant après le brouhaha à l'intérieur du *Sanctuaire*. Aux yeux d'un humain dénué de toute étincelle de magie, il n'y avait rien de spécial à voir en ce lieu, semblable à tant d'autres en Bretagne. Seuls les êtres doués de magie pouvaient distinguer les pierres levées qui formaient un immense cercle baigné de brume et d'une lumière tamisée surnaturelle. Rowan leva la tête pour observer le ciel couvert. On ne voyait pas les étoiles. Sa vision de félin lui permettait de percer la pénombre. Il se dirigea d'un pas souple vers sa voiture, guettant le moment où le collectionneur déciderait de se révéler à lui. Il n'eut pas longtemps à patienter. Alors qu'il atteignait le véhicule, une voix polie l'interpella.

— Excusez-moi.

Rowan se retourna lentement, adoptant une attitude exprimant à la fois la nonchalance et la prudence. Il ne s'agissait pas de paraître trop sûr de lui, à présent qu'il était hors de la zone de protection que garantissait le club, ni trop sur ses gardes, au risque de voir l'autre renoncer. Cependant, il avait repéré la présence de l'homme dès sa sortie. Caché dans l'ombre, ce dernier était resté en retrait pour l'observer, se gardant de manifester sa présence. Sa respiration l'avait trahi aux oreilles fines du félin.

— J'étais au *Sanctuaire*, et je n'ai pas pu ne pas vous remarquer. Pardonnez ma curiosité, mais quelle sorte de créature êtes-vous donc ?

— Je suis un Chat d'argent.

— Un être rare, murmura l'autre.

Il se tenait à quelques pas seulement de Rowan, qui put voir s'allumer dans ses yeux une lueur de convoitise.

— Nous ne sommes plus guère nombreux, en effet.

— Merveilleux. Merveilleux.

Le poisson était ferré, songea Rowan. Il n'eut pas le temps de répondre. Une piqûre à la cuisse lui fit baisser les yeux. Une petite flèche venait de se planter dans sa peau. Une sensation de langueur le paralysa. L'atmosphère parut se densifier, la magie le piqueta. Il comprit qu'il venait de choir en voyant le visage satisfait de Padrig se pencher au-dessus de lui.

Korenn se précipita pour rejoindre son frère. À la seconde où il avait vu l'inconnu sortir du *Sanctuaire* pour rôder à proximité, comme dans l'attente de quelque chose, le Chat d'argent l'avait épié. Il avait quitté la voiture sur le toit de laquelle il patientait et s'était glissé, chat noir discret, parmi les ombres. Tous ses sens en alerte, il avait observé l'échange entre les deux hommes. Il lui avait fallu quelques secondes pour comprendre que quelque chose n'allait pas. Ce n'est qu'en voyant Rowan s'effondrer dans l'herbe qu'il avait réalisé que d'une manière ou d'une autre, l'autre avait réussi à le neutraliser. Un grondement roula dans sa gorge. Il bondit, prêt à déchiqueter Padrig pour avoir osé s'en prendre à son frère. Un juron sonore retentit et Albian se matérialisa à son tour. Un rugissement résonna dans la nuit quand Korenn découvrit que l'endroit où les deux hommes se trouvaient quelques instants plus tôt était désert. Comme s'ils s'étaient évaporés. Il n'avait pas su protéger son frère.

Chaleur. Lumière non agressive. Bruits feutrés. L'environnement ne semblait pas hostile, pourtant, le félin en Rowan se hérissait, sur ses gardes. Il remua les membres. Il était libre de ses mouvements. Rowan avait manqué de prudence, il en était conscient. Il s'était montré trop sûr de lui, certain de dominer en cas d'attaque. De toute évidence, Padrig adaptait ses « prises de contact » à la créature à laquelle il avait affaire : patience et gentillesse avec une inoffensive et naïve Selkie, attaque éclair sur le fauve qu'il était.

Après de longues minutes à sonder les alentours, Rowan ouvrit les yeux. Il se trouvait dans une grande cage de verre. Laquelle se dressait, découvrit-il en se mettant assis, au milieu de dizaines d'autres cages translucides de dimensions variables, dans ce qui ressemblait à un immense musée. Les œuvres étaient exposées, prêtes à être admirées par les visiteurs.

L'éclairage artificiel de grande qualité compensait l'absence de fenêtre. Des tableaux que le prisonnier examina avec intérêt de ses yeux de chat étaient accrochés aux murs blancs. Des créatures magiques, des scènes de sorcellerie, un procès de sorcières. Les thèmes étaient tous liés à la magie. Sur des pupitres étaient installés de gros livres anciens qui n'étaient pas sans rappeler ceux de la bibliothèque du manoir ou encore celle de Marzhin. Il parvint à déchiffrer quelques titres. Des grimoires. Ici et là étaient aussi exposés des objets : fioles, athames rituels, talismans... Toute l'histoire de la magie était représentée. Rowan frissonna en comprenant ce que contenait une grande vitrine accrochée presque en face de sa cage : des dizaines de paires d'ailes, de tailles et d'apparences différentes, étaient épinglées, telles des ailes de papillons... Les créatures auxquelles avaient appartenu ces appendices étaient-elles encore en vie ? Nina avait survécu lorsqu'on lui avait arraché les siennes. Mais certaines étaient si frêles qu'on pouvait douter que leurs propriétaires aient pu se remettre d'un tel traitement.

Il tourna finalement le regard vers les autres cages de verre. Il n'était pas le seul occupant des lieux, hélas ! Hendhael n'avait pas exagéré en parlant d'un collectionneur. Dans une petite cage de la taille d'un aquarium voletaient de minuscules créatures qui ressemblaient à des étincelles. Rowan identifia des Pixies, délicates fées à l'allure enfantine. Une cage de neuf ou dix mètres carrés abritait une sorte de lutin vêtu de haillons, aux grands yeux tristes, qui n'était pas sans rappeler l'elfe de maison dans *Harry Potter*. Un Brownie, sans doute. Et c'était ainsi dans chaque cage : trolls, gnomes, korrigans, chacun dans sa prison de verre dans laquelle il était impossible de se soustraire aux regards. Chacune offrait des dimensions adaptées à son ou ses occupants. À ce titre, Rowan disposait de la plus vaste. Quelle charmante attention de la part de Padrig ! La rage sourdait en lui. Le Chat d'argent inspira. Il ne devait pas laisser la colère lui dicter ses actes. Le moment venu, il ferait payer ce collectionneur.

— *Je suis dans l'antre du sorcier.*

— *Rowan ! Enfin !*

La voix mentale de Sélène exprimait un indicible soulagement.

— *Je vais bien.*

— *Nous arrivons. Nous étions sur le point de te localiser,* intervint Korenn.

— *Je ne suis pas seul.*

Rowan expliqua rapidement ses observations.

— *Nous devons libérer les autres et retrouver la peau de Hendhael*, décréta Sélène.

Cette chère Sélène ! Il savait qu'elle serait sur la même longueur d'onde.

— *Si j'en crois ce que je vois, les mesures de sécurité doivent être importantes. Il y a même une caméra dans chaque cage. Il ne va pas tarder à venir me rendre visite, maintenant que je suis réveillé.*

— *Comme si ça allait nous arrêter !*

Rowan sourit. Alors que la situation aurait dû le faire paniquer, faisant remonter les souvenirs amers de sa captivité d'autrefois, il se surprenait à apprécier l'aventure. Il était enfin utile. Et pas seulement à la Selkie pour laquelle il avait pris fait et cause. Il réalisa que c'était la sensation d'être entouré et soutenu qui lui permettait de prendre les choses ainsi. Il n'était plus seul. Il avait une famille.

Un fil doré émana soudain de lui, plongeant à travers la salle, traversant objets et murs pour se perdre il ne savait où.

— *Le fil d'Ariane[3] est en place*, annonça Korenn.

— *Tu veux dire le fil de Gwenn*, releva Sélène, mutine.

— *Qu'est-ce que c'est ?* s'enquit Rowan.

— *Gwenn a utilisé un rituel que grand-mère et tante Sophie ont réalisé il y a quelques années pour retrouver*

---

3 Dans la mythologie grecque, c'est grâce au fil confié par Ariane que Thésée parvient à sortir du labyrinthe après avoir tué le Minotaure.

les descendants de Nina... ce qui nous a permis de découvrir, à l'époque, que nous en faisions partie[4]. Korenn a accepté de se soumettre au rituel. Votre lien va nous permettre de venir te retrouver.

Rowan contempla le filament et songea avec tristesse que s'il avait eu le moindre doute sur la disparition de ses parents, ce rituel aurait sonné le glas de ses espoirs de les revoir un jour. Un seul fil. Un seul lien. Mais un lien important. Précieux. Solide.

— *Nous sommes en route*, l'informa Sélène.

— *Dis-moi que Gwenn ne vient pas.*

— *Bien sûr que si ! C'est une Kergallen. Crois-tu vraiment que ma cousine va rester à la maison comme une gentille fille alors qu'elle est partie prenante de l'opération ?*

— *Gwenn me fait dire que tu es un idiot, si tu penses qu'elle va rester assise à broder, telle Pénélope[5],* intervint Korenn d'un ton amusé.

— *Ça s'appelle filer la métaphore,* conclut Sélène, taquine.

— *C'est dangereux.*

— *Elle est plus solide que tu le crois. Tu ne l'as jamais vue au combat ! Ses sortilèges sont redoutables.*

---

4 Voir *Les Kergallen-2 : Joanna*

5 En l'absence d'Ulysse, sa femme Pénélope, que l'on presse de se remarier, promet de choisir un époux lorsqu'elle aura fini de tisser sa tapisserie. Chaque nuit, elle défait son ouvrage, repoussant l'échéance.

— *Ce n'est pas comme si tu avais ton mot à dire*, trancha Korenn, hilare. *Il va falloir que tu t'y habitues, grand frère : elles n'en font qu'à leur tête !*

Rowan réprima un soupir désabusé. À quel moment exactement les Kergallen étaient-ils arrivés à la conclusion que Gwenn et lui étaient plus que des amis ? Ils allaient un peu vite en besogne, tout de même ! Quoi qu'il en soit, la cavalerie était en route et il se retrouvait dans le rôle de la damoiselle en détresse. Le petit rire mental de Sélène lui apprit que sa belle-sœur avait capté ses pensées.

— *Soyez prudents*, conclut-il, à défaut de pouvoir argumenter davantage.

En attendant que le collectionneur daigne paraître, Rowan fit le tour de sa cage. C'était ce que l'on devait attendre d'un nouveau venu, aussi s'appliqua-t-il à examiner la paroi, le sol, le plafond, les joints. Il pesa contre le verre, cogna, réprimant un sourire : il ne lui serait pas difficile de sortir de là, en vérité. Enfin, le propriétaire des lieux se manifesta. L'ouïe fine de Rowan capta une série de petits sons indiquant que quelqu'un tapait un code sur un clavier. Une porte s'ouvrit au loin, des bruits de pas feutrés se firent entendre. Padrig se planta devant la cage de son nouveau pensionnaire, rayonnant dans un costume élégant fait sur-mesure. Si Rowan était incapable de dire si l'homme était ou non séduisant d'après des critères féminins, il devait lui reconnaître une certaine prestance. Padrig respirait l'aisance et l'autosatisfaction jusqu'au bout de ses ongles soignés. En revanche, il n'émanait pas de malveillance de lui.

— Un Chat d'argent. J'ai fait quelques recherches, c'est tout à fait fascinant, même si l'on sait peu de choses sur vous.

Rowan croisa les bras sur sa poitrine et haussa un sourcil. Son attitude ne sembla pas déconcerter son vis-à-vis, tout à la joie d'introduire un nouveau spécimen dans sa collection. On aurait dit un enfant devant un nouveau jouet, plutôt qu'un sorcier maléfique. Étrangement d'ailleurs, le Chat d'argent ne percevait aucune trace de magie noire.

— Et vous, qui êtes-vous ? laissa-t-il tomber. Vous m'avez assommé sans même vous présenter, c'est très impoli.

— J'en conviens. Qui suis-je ? C'est très simple, en vérité. Un homme qui aime les choses belles et rares, soucieux de les préserver. Un esthète. Un chercheur qui n'aime rien tant qu'approfondir ses connaissances.

Un homme qui aimait s'écouter parler, songea son interlocuteur.

— Nous ne sommes pas des choses. Nous vivons, nous avons une conscience, observa Rowan en désignant du menton les autres cages.

— Certes. Des créatures mythiques, si peu connues...

Padrig effectua quelques pas, s'arrêta devant un grimoire qu'il admira.

— Vous venez d'arriver, mais vous constaterez par vous-même que mes intentions sont louables. J'ai passé tant d'années à rassembler cette collection, à acquérir des connaissances. Et j'ai encore tant à apprendre !

Rowan pensa à Azilis : elle aussi aimait apprendre. Jamais la magicienne n'aurait eu l'idée de priver des êtres vivants de leur liberté pour les étudier.

— Vous devriez songer à écrire un livre sur le sujet, je vous prédis un best-seller, ironisa-t-il.

Le collectionneur fronça les sourcils. Il ne devait pas être habitué à voir sa passion tournée en ridicule par un de ses cobayes. Il s'apprêtait à répondre lorsqu'une lumière rouge se mit à clignoter. Le visage rembruni, Padrig pinça les lèvres.

— Une tentative d'intrusion. Nous poursuivrons cette conversation plus tard. Je suis certain que vous finirez par vous rendre à mes arguments. Vous me faites l'effet d'être un... *homme*... intelligent.

Rowan le regarda s'éloigner. Une tentative d'intrusion, vraiment ? Connaissant les Kergallen, c'était une intrusion tout court !

Chapitre 9

Gwenn piétinait sur place, le regard rivé sur l'immense villa vers laquelle filait le lien magique qu'elle avait créé. Le « fil de Gwenn » qui les avait menés à Rowan. Elle avait préparé le rituel avec fébrilité, incapable de supporter l'inaction. L'esprit de Rowan leur était imperceptible. Le hasard avait fait que la jeune femme avait lancé le fil à la seconde même où le disparu avait repris contact. Sélène, Korenn, Azilis et Albian n'avaient pas caché leur soulagement, qui faisait écho au sien. Bien sûr, tout laissait penser que le Chat d'argent était toujours en vie, mais le risque demeurait. À présent, la petite troupe attendait qu'Azilis termine sa reconnaissance.

La jeune femme dormait dans les bras de son compagnon tandis que son corps astral se promenait dans l'antre de l'ennemi. Sa capacité à agir sur les objets, même sous forme astrale, s'avérait précieuse : auparavant, Azilis ne pouvait entrer que dans un lieu où elle s'était déjà rendue, ou devait attendre qu'une porte soit ouverte pour se glisser à l'intérieur. Désormais, rien ne pouvait l'empêcher de pénétrer quelque part. Gwenn se surprit à envier le pouvoir de sa cousine : son propre don était tellement inutile !

Enfin, après ce qui lui sembla une éternité, Azilis ouvrit les yeux. Le sourire qui fendit son visage rassura les autres, à commencer par Albian, qui n'était demeuré immobile et calme que parce qu'il se faisait un devoir de veiller sur le corps physique de sa compagne, vulnérable pendant ses vadrouilles.

— Désolée, mais l'alerte a été donnée. Apparemment, notre petit collectionneur a investi dans des détecteurs de présence magique.

— Un petit malin, grommela le démon en l'aidant à se relever.

— Je suis allée visiter son musée. Il doit y avoir passé des années ! Sa collection est impressionnante. Il faudra songer à piquer deux ou trois trucs pour tante Athénaïs et les autres.

— Az ! s'exclama Gwenn.

— Je suis sérieuse ! Certains grimoires devraient trouver une place de choix dans la bibliothèque du manoir, protesta l'interpellée. En plus, mieux vaut qu'ils tombent entre nos mains bienveillantes, tu ne crois pas ? Nous avons une responsabilité : lutter contre le Mal !

— La belle excuse, s'amusa Sélène.

— Et Rowan ?

— Ne t'en fais pas pour ton chéri, il est en train de découper la paroi de sa cage de verre avec une de ses griffes.

— Le diamant, il n'y a rien de tel pour un cambrioleur, approuva Sélène.

— Une griffe... en diamant ? Il peut faire ça ? demanda Albian.

— Vous autres, Chats d'argent, êtes tout à fait fascinants, reprit Azilis.

— Rassure-moi, fit Korenn, tu n'as pas l'intention de me ligoter sur une table pour m'autopsier vivant ? Ou mort, d'ailleurs ! Je sais que tu adores compléter ton *Livre des Ombres*...

— Je ne ferais jamais une chose pareille, voyons ! Ça ferait trop de peine à ma cousine !

— Trop aimable, maugréa Korenn.

— Tu sais transformer tes griffes en diamant ? reprit Azilis.

— Non.

— Dommage. On pourrait faire fortune : on te coupe les griffes, on les vend, elles repoussent, et on recommence !

— Mon frère va adorer ton idée. Albian, si tu cherches une idée de cadeau pour Noël, note que ta douce et tendre aime les diamants.

Gwenn leva les yeux au ciel. Il n'y avait que dans sa famille de frappadingues qu'une telle conversation pouvait se dérouler !

— C'est noté, fit Albian avec un léger sourire. Des diamants pour Noël. Que fait-on ? ajouta-t-il, de toute évidence impatient lui aussi de passer à l'action.

— Allons-y, décréta Korenn. Puisque l'alerte est donnée, autant aller semer la zizanie. Nous avons des gens à sortir de là, et une peau de Selkie à retrouver.

L'air vibra soudain à côté d'eux. Avant qu'ils aient le temps de réagir, Kieran, Dragan et Marzhin émergèrent d'un portail magique.

— Vous comptiez vous amuser sans nous, bande d'égoïstes ? lança Dragan en faisant tournoyer son épée.

— Ce Padrig aime les créatures rares, il va être servi ! s'esclaffa Kieran, sa claymore à la main.

Marzhin ne dit rien, mais un petit sourire apparut au coin de ses lèvres. Dans son regard doré flotta l'ombre de son dragon.

— Allons-y, répéta Gwenn.

Elle contempla sa famille avec fierté. Elle n'en aurait pas voulu d'autre !

Rowan se glissa à travers l'ouverture qu'il venait de se ménager. Avoir perdu de nombreuses vies avait tout de même quelques avantages ! C'est ainsi qu'il s'était découvert la capacité de modifier certaines parties de son corps de façon surprenante, notamment ses griffes. Un talent dont il n'aurait pas imaginé avoir besoin un jour et qui s'avérait pourtant des plus utiles.

La vibration caractéristique de la magie attira son attention sur un point du musée, à quelques mètres de là. Un portail s'ouvrit, livrant passage à une petite armée de Kergallen. Rowan sentit l'émotion l'envahir en constatant que Kieran, Dragan et Marzhin s'étaient joints aux autres.

— Rowan, Gwenn, vous cherchez la peau de Hendhael. Nous nous occupons de libérer les prisonniers, décréta Kieran, endossant tout naturellement le rôle de chef.

Gwenn effectua d'ailleurs un petit salut militaire avant de se tourner vers le Chat d'argent, un sourire aux lèvres.

— Par où commence-t-on ? s'enquit-elle.

— Je n'ai pas vu la peau de notre amie. Je pense qu'il n'a pas encore eu le temps de l'exposer.

— Il faut donc chercher une autre pièce où elle pourrait se trouver en attendant.

— Par ici.

Rowan entraîna la jeune femme à sa suite, se fiant à ses sens. Il avait mémorisé l'empreinte olfactive de la Selkie. Sa peau devait porter la même, ou presque.

— Où est Padrig ? s'inquiéta la jeune femme.

— Je ne sais pas. Mais il faut se préparer à le voir se manifester bientôt. Ça m'étonnerait qu'il nous laisse vider son musée sans réagir.

Rowan ouvrit une porte et pénétra dans ce que l'on aurait pu qualifier de réserve. Des caisses étaient alignées d'un côté, des vitrines étaient empilées un peu plus loin. Des objets étaient entreposés sur des étagères, attendant l'écrin dans lequel ils étaient destinés à trôner. Le Chat d'argent se dirigea sans hésiter vers une caisse ouverte posée sur une table. Les parois intérieures étaient tapissées de tissu. Et au fond, soigneusement pliée, se trouvait une fourrure gris argenté. Elle luisait, imprégnée d'une magie qui n'était pas familière à Rowan. C'était une magie maritime, très éloignée de la magie terrestre qu'il connaissait.

— Elle est magnifique !

Gwenn passa la main sur la fourrure.

— Je hais la fourrure et ceux qui chassent les animaux pour en faire des vêtements, dit-elle. En temps normal, jamais je ne toucherais une peau.

Elle se saisit avec précaution de la peau et la sortit de la caisse.

— C'est très léger ! s'étonna-t-elle. Et incroyablement doux ! Je ne suis pas sûre qu'une peau de phoque, je veux dire d'un vrai phoque, ressemble vraiment à cela.

— Hendhael va pouvoir retrouver la mer. Et la liberté.

Un frisson parcourut soudain Rowan.

— Filons d'ici.

La magie envahit la pièce, étouffante. Sous leurs pieds, des filets d'eau apparurent, serpentant les uns vers les autres pour se rejoindre. Les flaques ainsi formées s'étendirent avant de commencer à enfler, leur barrant le passage.

— Je n'aime pas ça, marmonna le Chat d'argent, rendu nerveux par la proximité de l'élément qui incarnait ses souvenirs les plus sombres et sa plus grande terreur.

Le liquide prenait une forme humanoïde qui ne cessait de grossir, sa tête touchant presque le plafond.

— Un élémental d'eau, souffla Gwenn.

— Mais encore ?

— Un golem, si tu préfères.

— Je croyais que les golems étaient faits d'argile.

— On dissertera plus tard sur les golems, si tu veux bien.

Gwenn convoqua un sortilège qui repoussa la créature d'eau en train de se former face à eux. Ils n'eurent que le temps de se glisser jusqu'à la porte par le passage ainsi dégagé. Déjà, la masse mouvante se rassemblait. Et se mettait en branle pour les suivre.

Le bruit de l'eau faisait se hérisser la panthère en Rowan. Chaque pas provoquait un claquement liquide qui faisait grandir l'angoisse du Chat d'argent. Un coup d'œil en arrière lui révéla que des filets d'eau continuaient à serpenter jusqu'à l'élémental, qui grossissait encore. Caché quelque part dans la demeure, Padrig avait créé ce golem d'eau et le dirigeait afin qu'il mène le combat pour lui.

Dans la grande salle, le reste du groupe achevait de

libérer les prisonniers. Les yeux s'écarquillèrent en découvrant le golem qui suivait pesamment Gwenn et Rowan.

— Je propose qu'on mette les voiles ! lança Dragan après avoir brisé une ultime vitre.

— Je vote pour ! approuva Albian.

Un étrange rugissement liquide retentit. Le golem s'anima soudain et se lança en avant. Rowan n'eut que le temps de se jeter sur Gwenn pour la couvrir de son corps avant qu'une masse lourde s'abatte sur eux.

Ils se retrouvèrent entourés d'eau, sans savoir où se trouvait la surface. Le golem les avait littéralement avalés, les gardant captifs à l'intérieur de son corps. Rowan sentit la panique l'envahir tandis que la pression s'accentuait. Dans quelques secondes, il manquerait d'air. Gwenn, ses cheveux flottant autour de son visage, tendait les mains derrière elle comme pour palper la masse mouvante et en trouver les limites. L'eau se refermait sur eux, formant une barrière infranchissable, les repoussant à l'intérieur de leur prison liquide. Ses griffes et ses crocs ne pouvaient rien pour eux. Il n'y avait pas de prise. Était-ce ce qu'avait ressenti sa mère lorsque la vague avait submergé la vallée, la piégeant ? Rowan regarda Gwenn, qui commençait à paniquer à son tour. Sa décision fut prise en un éclair : la noyade figurait tout en haut des morts les plus terrifiantes à ses yeux, mais Gwenn, elle, n'avait qu'une seule vie. C'était lui qui l'avait entraînée dans tout cela. Lui qui avait voulu aider Hendhael, lui qui avait décidé de jouer l'appât, lui qui n'avait pas su anticiper l'attaque de Padrig, à l'extérieur du *Sanctuaire*. Il ne pouvait pas regarder la jeune femme se noyer sous ses yeux, par sa faute. Il refusait de voir la lumière quitter son regard clair. Rowan entreprit de frapper l'eau près de lui. Il sentit le golem réagir à l'attaque, concentrant ses efforts de ce côté-là pour l'empêcher de franchir la paroi liquide. D'un geste brusque, Rowan attrapa Gwenn et la propulsa de toutes ses forces loin de lui. Il la vit quitter la bulle d'eau. Le soulagement l'envahit, et il cessa de lutter.

Gwenn n'avait même pas la force de se redresser pour regarder le golem. Et Rowan, prisonnier à l'intérieur, en train de se noyer. Se noyer... Lui qui avait si peur de l'eau. Ses joues étaient trempées, et elle n'aurait su dire si c'était seulement l'eau qui dévalait de ses cheveux ou si elle pleurait aussi.

Un rugissement retentit au-dessus de sa tête. Un jet de flamme jaillit. Marzhin, transformé en dragon, opposait le feu à l'eau. La chaleur devint insupportable au point qu'Azilis et Sélène, qui soutenaient leur cousine, la tirèrent plus loin. La jeune femme releva la tête. Elle ne voyait pas Rowan. De la vapeur s'élevait en tourbillonnant tandis que le dragon attaquait encore et encore. Le golem semblait perdre en masse à mesure que l'eau s'évaporait, cependant, Rowan était toujours prisonnier en lui. Cela faisait trop longtemps qu'il s'y trouvait. Marzhin diminua l'intensité de ses flammes afin de ne pas brûler le Chat d'argent. Enfin, l'élémental sembla s'effondrer sur lui-même. Une flaque d'eau se répandit sur le sol, venant lécher les pieds des trois femmes, à quelques mètres de là. Et au milieu se trouvait le corps inanimé de Rowan.

— Rowan !

Le cri de Korenn retentit. Tous se précipitèrent vers le Chat d'argent, guettant un signe de vie, un mouvement.

— Je ne le perçois plus, souffla Sélène en recherchant vainement le pouls et l'esprit de son beau-frère.

Gwenn, incapable d'articuler le moindre mot, ne quittait pas Rowan des yeux. Il l'avait sauvée. Il s'était sacrifié, lui permettant de sortir.

— Combien lui reste-t-il de vies ? demanda Albian.

— Je ne sais pas, murmura Korenn d'une voix blême. Il n'a jamais voulu aborder le sujet. Mais il est puissant. Bien plus que moi.

Tous repensèrent à la capacité qu'avait Rowan de se rendre invisible, ou encore celle de ne transformer qu'une infime partie de son corps. Jusqu'à une simple griffe, dont il changeait même la matière pour en faire un diamant. Combien de vies avait-il fallu que le Chat d'argent perde pour développer pareils pouvoirs ? Personne n'osa formuler à voix haute la crainte qu'ils avaient tous : que Rowan ne revienne pas après son sacrifice.

— Ne restons pas là, fit Sélène avec douceur.

Korenn, le regard empli de douleur, souleva le corps inerte de son frère. Kieran aida Gwenn à se relever tandis que Marzhin, qui avait repris apparence humaine, ouvrait un portail. Albian et Dragan échangèrent un regard et reculèrent d'un pas.

— Nous allons terminer le travail, lança le démon.

Azilis hésita : elle mourait d'envie de suivre son compagnon afin de veiller sur lui, l'expérience qu'ils venaient de vivre ayant rappelé à tous qu'ils n'étaient pas immortels, en dépit de tous leurs pouvoirs. Pourtant, un coup d'œil à Gwenn la convainquit que celle-ci avait besoin de tout le soutien possible. Gwenn se pencha pour ramasser la peau de phoque qu'elle avait lâchée lorsque le golem s'était abattu sur eux et la serra convulsivement contre elle. Ils franchirent le portail. Le démon et l'ex-Ankou échangèrent un regard et un accord muet passa entre eux : Padrig allait payer pour ce qui venait de se produire. Que Rowan s'en sorte ou non, le collectionneur avait signé son arrêt de mort.

Chapitre 10

Korenn vint s'asseoir sur la barrière à ses côtés. Pendant quelques secondes, les deux frères demeurèrent silencieux, contemplant le paysage. L'Arche, encore calme à cette heure, déroulait ses prés sous leurs yeux.

— Combien de vies ?

Le retour à la vie de Rowan avait été un soulagement pour tous. Par chance, son corps n'avait subi aucun traumatisme, aussi était-il « revenu » rapidement, une fois ses poumons vidés de l'eau qu'il avait avalée. À peine réveillé, le Chat d'argent s'était levé et était sorti. Il avait besoin d'être seul. Les Kergallen avaient respecté son désir. Il avait couru jusqu'à l'épuisement, accompagné au début par Tara, avant que la louve, fatiguée, le laisse. L'aube se levant, Korenn avait estimé qu'il était temps de le rejoindre.

— C'était la dernière. La prochaine mort sera définitive.

Rowan sentit la crispation de Korenn. La perspective de perdre son aîné était difficile à accepter. Ils s'étaient retrouvés depuis si peu de temps ! Rowan comprenait le sentiment d'injustice que ressentait son frère, même si lui-même, de manière surprenante, prenait les choses d'une autre façon.

— Eh ! fit-il sur le ton de la plaisanterie. Je ne suis pas encore mort !

La tentative tomba à plat.

— Que s'est-il passé pour que tu perdes tant de vies ? Que t'ont-ils fait subir ?

Rowan ne répondit pas tout de suite. Devait-il raconter par le menu tout ce qu'il avait vécu entre les mains des Lancaster ? Non, cela détruirait son frère. Korenn estimait être en grande partie responsable de l'accumulation de dettes qui avait de façon insidieuse conduit Rowan à sa perte. Sans son petit frère à charge, Rowan n'aurait pas eu à se rendre si souvent dans des villages pour se procurer ce dont ils avaient besoin pour survivre. Rien, pas même son aîné, n'avait pu l'en faire démordre. Cette fois-ci, Rowan comprit qu'il ne s'en tirerait pas par une pirouette. Il devait quelques explications à son frère.

— J'ai pris quelques risques, les premiers temps, persuadé que si je devenais plus fort, je pourrais échapper au coven, malgré tout. J'y ai laissé deux vies. Ce n'est qu'à mon deuxième réveil que j'ai compris que je ne pourrais pas me libérer de leur emprise et surtout, que mon attitude ne les dérangeait pas. Elle les amusait, même. À chaque mort, je gagnais en puissance et eux aussi, par conséquent.

— Mais ça n'explique pas que tu en aies perdu autant.

— Korenn... soupira Rowan. Crois-moi, il y a des choses qu'il vaut mieux que tu ignores.

— Alors, ne me dis pas tout. Mais parle-moi. J'ai besoin de savoir.

Leurs regards se croisèrent. Rowan détourna la tête. La honte le submergea. Tout ce qu'il avait dû faire sous les ordres du coven... Il peinait déjà à se regarder dans un miroir, pourrait-il supporter que son frère soit au courant, même d'une infime partie ?

— Ça ne change rien, fit Korenn. Tu es mon frère et je t'aime.

— Ils ont fait de moi un monstre. J'ai tué pour eux. Et pas que leurs semblables. Il y avait des innocents.

Le fils de Graham n'était que l'un d'entre eux.

— Je sais qui tu es vraiment, Rowan. Tu n'es pas un monstre. Tu as peut-être dû faire des choses monstrueuses sous la contrainte, mais jamais de ton plein gré. Et ça te hante encore.

Il en faisait des cauchemars.

— Certaines missions étaient... difficiles. Je ne pouvais pas me rebeller contre les ordres de Karadeg. Avec le temps, il a appris à les formuler de façon à ne me laisser aucune échappatoire. Je devais donc accomplir ma mission coûte que coûte. Quitte à en mourir.

Korenn serra les poings. Rowan posa une main sur les doigts crispés de son frère.

— C'est du passé. Je suis libre désormais, entouré de ceux que j'aime.

— Un passé qui te blesse encore et qui t'a coûté cher.

— J'y ai laissé une partie de mon âme, admit Rowan à mi-voix. Mais vous m'aidez à me reconstruire. Il n'y a pas si longtemps que ça, je me méfiais de tout et tout le monde, et je ne rêvais que de me venger, de retourner à Tír Na nÓg et de raser le coven.

— Je suis ton homme !

Rowan eut un petit rire.

— Ruminer le passé, ressasser sa rancœur ne sert à rien. Éliminer les Ravenstar n'effacera pas ce que j'ai subi ni n'empêchera d'autres sorciers noirs d'œuvrer.

— Depuis quand es-tu devenu si sage ? grommela Korenn.

— Privilège de l'âge et de l'expérience.

— Vantard !

Korenn réfléchit. Un petit sourire malicieux détendit son visage grave.

— Comme je suis plus jeune que toi, papy, je parie que j'arriverai le premier au saule pleureur !

Sans attendre, ils se transformèrent et engagèrent la course.

Les Kergallen écarquillèrent les yeux.

— J'arrête la tisane écossaise, déclara Kieran.

— Et moi la Vodka, approuva Dragan.

— Le Mojito, ce n'est pas vraiment de l'alcool, souffla Azilis à une Hendhael amusée. Il y a du citron vert et de la menthe dedans.

— Donc, tout le monde voit la même chose que moi ? reprit Kieran.

— Une panthère de la taille d'un cheval faisant la course avec une panthère de taille normale ? Oui, répondit Nina.

— J'ai besoin d'un whisky, lança Albian.

— Petite nature ! se moqua Dragan.

Occupés à deviser, ils ne remarquèrent pas que Gwenn s'éclipsait. Seule Hendhael s'en aperçut. La Selkie avait refusé de reprendre sa peau immédiatement en apprenant le sacrifice de Rowan. Elle voulait pouvoir le remercier avant de regagner l'océan. Or elle savait qu'en retrouvant sa peau, l'ivresse des profondeurs lui ôterait pour un long moment sa capacité à réfléchir. Elle plongerait dans l'eau pour ne plus revenir. Sa confiance en eux et en leur honnêteté avait touché Gwenn. La Selkie n'avait rien perdu de sa naïveté, en dépit de son expérience malheureuse...

Rowan avait fui à son réveil. Il avait évité de croiser les regards pour s'élancer dans la nuit. Même le sien. La jeune femme avait craint qu'il lui en veuille. Après tout, il s'était sacrifié pour elle, quand bien même elle ne lui avait rien demandé. Il avait dû affronter ce qui le terrifiait le plus au monde. Pourtant, à la grande surprise de Gwenn, le Chat d'argent était serein. Elle avait un peu honte de l'avoir espionné tandis que Korenn et lui discutaient. Mais c'était plus fort qu'elle, il fallait qu'elle sache si Rowan souhaitait qu'elle soit présente à son retour. Elle avait donc retiré les pierres enchantées pour sonder ses émotions. Si la culpabilité du Chat d'argent sourdait encore, un changement profond s'était opéré, une forme de paix qu'il n'avait jamais manifestée. Le fait d'avoir affronté sa plus grande terreur y était sans doute pour quelque chose.

Elle, en revanche était toujours bouleversée. Alors qu'elle pensait sa dernière heure venue, Gwenn avait voulu se raccrocher à son compagnon d'infortune. Elle suffoquait, elle avait cherché le regard de Rowan. La jeune femme n'avait pas eu le temps de comprendre ce qu'elle avait lu dans ses yeux verts. L'instant d'après, elle était à l'air libre et emplissait ses poumons avec un soulagement indicible.

Une sensation d'étouffement saisit Gwenn. Les larmes débordèrent et roulèrent sur ses joues tandis que la terreur, le choc et la culpabilité l'envahissaient. Cette fois-ci, il s'agissait bien de ses propres émotions. Gwenn se laissa glisser contre un mur, à l'aveuglette. Regarder quelqu'un mourir sans rien pouvoir faire constituait la pire expérience de sa vie. Elle avait vécu des moments parfois difficiles, volé des émotions intenses, douloureuses et en avait souffert, mais quelque part au fond d'elle, la jeune femme savait que ce n'étaient pas les siennes. Mais là...

Soudain, des bras familiers l'enlacèrent. Elle sentit qu'on l'attirait contre un torse solide et se retrouva enveloppée dans un cocon protecteur. Le cœur de Rowan battait sous sa joue, fort, rassurant.

— Décidément, ça devient une habitude, fit-elle.

— Ça ne me dérange pas. J'aime te tenir dans mes bras.

Ils demeurèrent ainsi l'un contre l'autre, sans parler, chacun savourant la présence de l'autre. Sa vitalité. Ils avaient partagé une expérience éprouvante et en étaient sortis vivants. Gwenn finit par se reculer, à regret. Il fallait qu'elle dise à Rowan ce qu'elle avait sur le cœur. Elle se releva, consciente d'offrir un spectacle assez pathétique. Elle toisa le Chat d'argent, encore assis. Il la contemplait avec un mélange d'affection et d'inquiétude. Comment pouvait-il être aussi beau, alors qu'il venait de mourir ? Et elle, de quoi devait-elle avoir l'air, avec ses yeux larmoyants et son nez rougi ! Elle ne faisait pas partie de ces femmes qui pleuraient avec grâce.

— Mais qu'est-ce qui t'a pris, espèce de fou ?

Son hurlement ne le fit même pas sursauter.

— J'ai fait ce que je devais faire.

— Te sacrifier ? J'ai cru mourir de chagrin ! Pourquoi as-tu fait une chose pareille ?

— Parce que je t'aime.

— Tu te rends compte de ce que j'ai ressenti en te voyant mort ? Je...

Gwenn s'interrompit. Elle avait dû mal entendre...

— Qu'as-tu dit ?

— Je t'aime, Gwenn.

— Et tu me lances ça, comme ça, alors que je suis en train de te hurler dessus ?

— Je réponds juste à ta question. Tu m'as demandé pourquoi j'ai agi ainsi.

— Comment veux-tu que je reste en colère, après ça ? bougonna la jeune femme. Ne crois pas que tu t'en sortiras toujours aussi bien, ajouta-t-elle en pointant un index menaçant sur Rowan, qui souriait.

— Même Korenn n'a pas réagi avec autant de virulence. Pourquoi es-tu si furieuse contre moi ?

— Tu sais très bien pourquoi.

— Je ne lis pas dans les pensées et je ne vole pas les émotions, moi. Il faut m'expliquer les choses. Les mœurs terriennes m'échappent encore.

La belle excuse ! Et il prenait un air innocent qui aurait pu fonctionner s'il n'y avait eu cette lueur, dans son regard... Gwenn croisa les bras et releva le menton.

— Je te l'ai dit : il ne faut pas t'imaginer que tu t'en sortiras toujours aussi facilement.

— Ça veut dire que nous aurons d'autres disputes ?

— Tu es tellement agaçant que c'est une évidence.

— Tu es de si mauvaise foi. Oui, c'est une évidence.

Il se leva et vint se poster devant elle.

— Je t'aime, Gwenn. Te regarder mourir m'était insupportable.

— Regarder mourir quelqu'un qu'on aime, c'est atroce.

Radoucie, ayant enfin pu évacuer sa colère et son sentiment d'impuissance, Gwenn posa une main sur la joue du Chat d'argent.

— Je t'aime, Rowan. Ne t'avise plus jamais de me faire une peur pareille. Je ne m'en remettrai pas.

— Je promets de ne plus affronter un golem d'eau manipulé par un magicien.

Elle lui asséna une petite gifle.

— Idiot.

Elle souriait en disant cela.

— Ai-je gagné le droit de t'embrasser ?

Cette fois-ci, Gwenn éclata de rire. Ses bras vinrent se nouer autour de la nuque de Rowan.

— Un baiser. Et un peu plus.

— Beaucoup plus, je crois.

Rowan se pencha. Leurs lèvres se joignirent, avec prudence d'abord, avant que celle-ci vole en éclat. Rowan l'enlaça avec force, comme pour fondre leurs corps l'un dans l'autre. Leurs souffles se mêlaient tandis qu'ils laissaient libre cours à la passion, exacerbée par ce qu'ils venaient de vivre et la peur réciproque qu'ils avaient ressentie quelques heures plus tôt. Gwenn se laissa aller contre le Chat d'argent, plongea ses doigts dans ses cheveux noirs, comme pour mieux s'assurer de la réalité de sa présence. Elle savait que, sous une apparence calme et réservée, Rowan cachait de puissantes émotions, mais elle n'aurait jamais imaginé qu'il puisse éprouver une attraction aussi forte pour elle. Elle avait pu observer son indifférence envers les femmes qui, séduites par sa haute silhouette finement musclée, ses yeux verts et ses cheveux sombres, avaient tenté d'attirer son attention. Et c'était finalement elle qui suscitait en lui une réaction aussi passionnée...

Peu à peu, la frénésie laissa place à quelque chose de plus apaisé. Rowan déposa une pluie de baisers sur la joue de Gwenn, avant de descendre le long de sa mâchoire, savourant sous ses lèvres la texture et le goût de sa peau. Les mains de la magicienne quittèrent ses cheveux pour glisser sur ses épaules puis son torse. Ils se séparèrent, juste de quelques centimètres. Avec un soupir, le Chat d'argent appuya son front contre celui de la jeune femme. Il se sentait bien. Si bien. C'était à Gwenn qu'il le devait, non pas parce qu'elle avait pris en charge ses émotions cette fois-ci, mais parce qu'elle était là, dans ses bras, l'acceptant en dépit de ses zones d'ombres et ses fêlures.

— Hendhael..., murmura-t-il.

Il devina le sourire de Gwenn plus qu'il ne le vit. Elle se recula, encercla son visage des deux mains.

— Je pourrais me vexer que tu prononces le nom d'une autre femme après un tel baiser.

— Mais je n'ai d'yeux que pour une seule.

Un petit rire salua sa repartie.

— Tu mourrais pour me prouver ton amour... Ah, c'est déjà fait. Dans les livres, ils promettent de se sacrifier si besoin, mais ils ne le font jamais. Toi, si.

Elle le regarda avec tendresse.

— Je vais avoir du mal à faire mieux, admit Rowan.

— Évite de te transformer pendant ton sommeil, Chat d'argent. Mon lit ne sera jamais assez grand pour accueillir une panthère de la taille d'un cheval !

Sur un dernier baiser, bref mais intense, Gwenn fit demi-tour. Glissant les mains dans les poches de son jean, Rowan afficha un large sourire.

Ils se tenaient tous sur la plage. An Tour Tan se dressait au-dessus, comme un garde veillant en silence sur eux. Hendhael s'avança jusqu'à la zone sur laquelle l'écume venait mourir doucement. Rowan et Gwenn furent les seuls à l'accompagner jusque là, le reste de la tribu se tenant en arrière. Les Kergallen, si envahissants et bruyants soient-ils, savaient néanmoins se mettre en retrait lorsque la situation l'exigeait. Bandit avait suivi le trio. La Selkie se pencha pour enlacer le gros chien dont la présence l'avait tant aidée.

— Merci. Merci à vous tous pour tout ce que vous avez fait.

Elle se redressa.

— Je l'entends qui m'appelle, fit-elle en fermant les yeux, extatique. Ce n'est plus douloureux. C'est comme un chant de bienvenue.

Elle rouvrit les paupières.

— Je vais enfin pouvoir rentrer chez moi. Grâce à vous.

Gwenn lui tendit la peau qui luisait au soleil.

— Bonne route, Hendhael, dit Rowan.

La Selkie drapa la peau sur ses épaules.

— Mes amis m'appellent Hend.

Sur un dernier signe de la main, elle courut se jeter dans l'eau, accompagnée du Terre-neuve enthousiaste. Ce fut un phoque argenté qui émergea un instant, comme pour leur adresser un ultime regard, avant de replonger. Bandit tourna encore un moment autour de la zone où la Selkie avait disparu avant de revenir sur la plage. Il bondit vers les Kergallen dont les protestations s'élevèrent lorsqu'il s'ébroua.

— Bonne route, Hend, murmura Rowan.

Gwenn prit sa main et ils demeurèrent immobiles face à l'océan. Rowan ressentirait toujours un léger malaise en présence d'une telle masse d'eau, cependant, il savait que désormais il ne paniquerait plus. Il pouvait même se laisser aller à admirer l'étendue d'eau qui scintillait sous le soleil de cette matinée de septembre et à imaginer en toute quiétude la Selkie y évoluer. Avec Gwenn à ses côtés, il ne craignait plus grand-chose, à vrai dire. La crainte de la perdre avait supplanté celle de la noyade.

Tant qu'il tiendrait sa main dans la sienne, il n'aurait pas à s'inquiéter pour elle. Cette main, il ne comptait pas la lâcher de sitôt !

— Alors comme ça, tu as peur que ton lit ne me résiste pas ?

Il baissa la tête pour croiser les yeux verts pétillants.

— Nous en rachèterons un autre plus solide, et puis c'est tout, fit-elle en haussant les épaules avec nonchalance.

Sur un dernier regard à la mer, ils se retournèrent... pour découvrir qu'Azilis reprenait connaissance dans les bras d'un Albian hilare.

— Je rêve, ou tu nous espionnais ? cria Gwenn.

— Tout à fait, rétorqua sa cousine, un large sourire barrant son visage. Je l'ai fait pour chacune d'entre vous : tu ne croyais pas que j'allais faire une exception pour toi ?

Gwenn et Rowan échangèrent un regard fataliste : c'était ça, faire partie du clan Kergallen. On n'y était jamais seul !

Chapitre 11

Gwenn achevait de préparer le plateau du petit-déjeuner. Un rire lui échappa lorsque Rowan l'enlaça, se pressant contre son dos, et déposa un baiser dans sa nuque.

— J'ai une bonne nouvelle, murmura le Chat d'argent. Le lit a résisté.

— Je suis déçue. Cela signifie que nous avons été trop sages !

Elle poussa un petit cri en se sentant soulevée.

— Je peux marcher !

— J'aime te tenir contre moi.

— D'accord.

Elle eut à peine le temps de passer les bras autour de son cou qu'ils arrivaient dans la chambre. Les draps froissés révélaient que les jeunes gens n'avaient guère dormi cette nuit.

— Le café va refroidir, protesta sans grande conviction Gwenn.

— On en refera.

Les lèvres de Rowan se posèrent sur les siennes, la réduisant au silence. En vérité, le café était le dernier des soucis de la jeune femme. Seul comptait l'homme qui venait de l'étendre sur le lit pour la couvrir de son corps. Tour à tour joueur et tendre, sensuel et exigeant, Rowan avait dévoilé cette nuit-là une nouvelle facette de sa personnalité. Gwenn avait découvert l'homme passionné qui se cachait sous sa réserve habituelle. Un soupir échappa à la jeune femme tandis qu'il écartait les pans de son peignoir de soie. Elle noua les jambes autour de Rowan, affirmant ainsi son désir de le garder contre elle. Loin de lui déplaire, la possessivité de Gwenn attisa la passion du Chat d'argent. Elle pouvait sentir son sexe palpiter contre elle. La bouche de Rowan se fit vorace, ses mains plus présentes. Sous ses doigts, Gwenn sentait les muscles déliés rouler, et elle savourait leur puissance. Rowan était fort physiquement, pourtant, la douceur avec laquelle il la caressait n'en trahissait rien.

— Trop sages ? s'enquit le Chat d'argent, un peu plus tard, alors qu'ils tentaient de recouvrer leur souffle.

— Peut-être pas tant que ça, tout compte fait, gloussa la jeune femme. Mais le lit est toujours debout.

— Je pourrais le prendre comme un défi...

— Si ça peut te motiver...

Rowan l'attira contre lui.

— Je n'ai besoin d'aucune autre motivation que toi.

— Comment veux-tu que je résiste à tant de romantisme ? Moi aussi, je vais devoir investir dans un tee-shirt avec un message d'avertissement pour éviter que quelqu'un tente de te voler.

— Je suis à toi, Gwenn.

Rowan se tut un instant. La jeune femme sentit qu'il se crispait contre elle. Les ombres du passé s'immisçaient dans ce moment parfait.

— Tu n'appartiens qu'à toi-même, Rowan.

Il se détendit un peu.

— Je sais. C'est une notion que j'ai encore quelques difficultés à intégrer. Mais...

Il hésita, cherchant les mots pour exprimer ses pensées.

— Mon corps et une partie de mon esprit étaient soumis aux Lancaster. Pas mon cœur. C'est cette part-là que je veux t'offrir.

— C'est un don précieux.

Gwenn déposa un baiser sur les lèvres de son amant avant de se redresser.

— Tu n'appartiens à personne. Tu es libre de tout reprendre, à tout moment.

— Est-ce que tu souhaites ?

Elle secoua la tête. Son regard était ferme.

— Non. Je te l'ai dit. Je t'aime, Rowan. Je refuse cependant que tu te sentes piégé ou redevable.

— Ce n'est pas le cas.

Rowan leva la main pour caresser les cheveux qui retombaient en mèches folles sur les épaules de la jeune femme.

— Je suis libre comme jamais je ne l'ai été.

Et c'était vrai. Même enfant, protégé par ses parents, entouré de leur amour, Rowan n'avait jamais été vraiment libre. La malédiction des Chats d'argent pesait sur lui depuis sa naissance.

— Il n'y a rien de plus beau que la liberté, affirma Gwenn.

— Si. Toi.

— Flatteur !

Son rire s'éleva dans la chambre, son qui ravit l'oreille du Chat d'argent. Rowan ne partagea pourtant pas son hilarité. Son regard émeraude était grave tandis qu'il la détaillait, comme pour inscrire cet instant dans sa mémoire.

— Je n'ai rien à t'offrir, Gwenn. Pas même mes vies. Je n'en ai plus, et me lier à toi à présent reviendrait à te condamner si je disparais.

— Et tu sais que je m'en fiche. C'est toi que je veux. Le reste est secondaire. Tertiaire. Quaternaire, même !

Rowan esquissa un sourire mélancolique. Elle avait répondu du tac au tac, avec conviction. C'étaient des paroles qu'il avait cru ne jamais entendre. Karadeg avait fini par le persuader qu'il ne connaîtrait pas d'autre existence que celle de créature de l'ombre au service du coven. Le sorcier avait su abattre les fragiles protections du jeune homme inexpérimenté qu'il était alors, saper ses espoirs, sa confiance en l'avenir et les autres. Gwenn et les siens avaient tout changé. Elle voyait en lui l'homme, et non le Chat d'argent.

— Merci d'être celle que tu es, murmura-t-il en posant une main sur la joue de la jeune femme.

Les doigts fins de Gwenn vinrent recouvrir les siens. Elle tourna la tête pour embrasser sa paume.

— Tu ne sais pas vraiment à quoi tu t'engages, avec moi.

— J'en ai une petite idée, répondit Rowan en se redressant.

D'un geste doux, il promena ses doigts à l'intérieur du poignet gauche de la jeune femme. La magie, à peine perceptible, tant elle était subtile, picota sa peau. S'il n'avait été aussi proche de Gwenn, il ne l'aurait jamais sentie. Leurs yeux se soudèrent. Gwenn leva l'enchantement qui masquait les cicatrices.

— Voler les émotions des autres peut nuire gravement à la santé, fit-elle avec un pâle sourire.

Rowan porta le bras mince à ses lèvres.

— Je veillerai sur toi, promit-il.

— Nous veillerons mutuellement sur l'autre.

Gwenn se figea à l'entrée de la cuisine. Rowan, obligé de s'immobiliser à son tour, regarda par-dessus l'épaule de la jeune femme.

— Je crois que le café devra attendre encore un peu.

La cuisine était envahie de multiples créatures de tailles et d'apparences variées. Ils reconnurent les prisonniers qu'ils avaient libérés du musée de Padrig. Bandit, assis dans un coin, les observait d'un regard curieux.

— Bonjour, lança Gwenn, ne sachant trop que dire.

Le Brownie qui s'était tenu dans la cage proche de celle de Rowan s'avança. De toute évidence, il se faisait le porte-parole de ce groupe hétéroclite.

— Nous avons une dette envers vous, fit-il gravement.

— Bien sûr que non !

La réponse de Rowan fusa dans la pièce, virulente. Gwenn se retourna pour poser une main apaisante sur le bras du Chat d'argent. Elle sentit qu'il tremblait, et ses yeux lançaient des éclairs.

— Nous vous sommes reconnaissants, reprit avec prudence le Brownie, déstabilisé. Et nous voulons vous témoigner notre gratitude...

— Profitez de votre liberté, ce sera le plus beau des cadeaux pour nous.

Le Brownie regarda Gwenn, dubitatif.

— Ce n'est pas assez. Sans vous, nous serions restés prisonniers les divinités savent combien de temps encore ! Nous avions perdu espoir.

— Mais à présent, vous êtes libres, insista la jeune femme. Vous ne nous devez rien, sinon de vivre votre vie.

— Je ne peux pas. Je suis un Brownie.

Il croisa ses petits bras sur son torse.

— Je me dois de vous servir. Je porte bonheur ! ajouta-t-il, sans doute persuadé que cet argument ferait pencher la balance.

— Non !

Rowan tourna les talons. Gwenn faillit le retenir. Cependant, elle réprima son réflexe. Il avait besoin de s'isoler, comme chaque fois que quelque chose le bouleversait. D'un signe, elle envoya Bandit à sa suite.

— Vous m'excuserez...

Et elle s'éclipsa sans attendre. Elle connaissait une personne susceptible de l'aider.

— *La lune de miel est déjà terminée ?* fit la voix enjouée d'Azilis.

Gwenn leva les yeux au ciel avant de reprendre la conversation téléphonique.

— Comment se débarrasse-t-on d'un Brownie ?

— *On le mange sans en laisser une miette, pardi ! Et tant pis pour la balance !*

Gwenn s'esclaffa.

— Je parle de l'elfe, pas du gâteau.

— *Ah... Attends, je regarde dans mon* Livre des ombres. *Un Brownie te fait des misères ?*

— Pas précisément.

Elle exposa la situation à sa cousine.

— *Il faut lui offrir des vêtements. Toi qui es couturière, ça devrait aller vite pour lui en tailler.*

— Et c'est tout ?

— *Oui, c'est tout.* *Après ça, « Dobbie est libre »,* *comme dirait un certain elfe de maison dans* Harry Potter.

— D'accord. Et les Pixies ?

Elles passèrent ainsi en revue les différentes créatures que Gwenn avait identifiées, jusqu'à ce qu'une solution ait été trouvée pour chacune. Après avoir raccroché, Gwenn se mit en quête de Rowan. Elle le découvrit en train de pianoter sur l'ordinateur, Bandit allongé à ses pieds.

— D'après cet article, il faut offrir des vêtements aux Brownies pour les faire partir.

Ainsi, au lieu de s'enfuir hurler sa rage, il avait cherché une solution pour rendre aussitôt leur liberté aux créatures. Touchée, Gwenn vint passer les bras autour de son cou et posa le menton sur l'épaule de son compagnon. Il avait mis en pratique ce qu'il avait appris sur Internet grâce à Corentin, notamment.

— C'est ce que m'a dit Azilis.

— J'aurais dû y penser. Personne n'est mieux renseigné qu'elle sur ce genre de question.

— Évitons d'aborder le sujet devant Cyrielle, reprit Gwenn en déposant un baiser sur la joue de son compagnon. Elle risque de vouloir embrasser tous les Brownies pour les libérer de leur malédiction !

Elle sentit la crispation de Rowan s'envoler.

— Gaëlle m'a dit que je devais être constructif. Que je

devais me servir de ce qui m'est arrivé pour aider d'autres personnes plutôt que ressasser mon passé.

— C'est ce que tu as fait. Et Hendhael, à son tour, viendra peut-être en aide à quelqu'un, en souvenir de ce que tu as réalisé pour elle.

— Vous êtes épatantes, vous autres magiciennes Kergallen.

— C'est seulement maintenant que tu t'en rends compte ?

— Si vous n'existiez pas, il faudrait vous inventer.

Rowan éteignit l'ordinateur, se retourna. Il la fit s'asseoir sur ses genoux.

— Le lit est toujours debout...

— Il y a plein de créatures dans notre cuisine. Je crois que certaines ont même migré dans le salon.

— On les libère, et ensuite, on s'occupe du lit.

Rowan se garda de révéler où étaient les tissus dont Gwenn découvrit l'absence en farfouillant dans ses stocks pour confectionner les habits du Brownie.

Épilogue

Bandit observa les alentours, un peu perplexe.

— Allons, mon vieux, ce ne sont que des chats, l'encouragea Rowan.

Le Terre-neuve émit un petit reniflement, mais accepta de pénétrer plus avant. C'était jour de liesse au *Chafé du Coin des Temps*. Un an d'existence, cela se fêtait. Elwyn avait donc convié ses amis à une soirée littéraire privée pas comme les autres : les convives devaient venir costumés, incarnant des personnages de la littérature. Rowan, grimé en Chat botté, avait fière allure. Il regarda avec affection l'Arachné[6] qui se tenait à ses côtés. Une robe d'inspiration grecque, parsemée de toiles d'araignées scintillantes, une résille retenant ses cheveux, Gwenn était resplendissante dans sa tenue.

— Et moi qui attendais Pénélope ! s'exclama Elwyn, venu les accueillir.

---

6 **Arachné** : Dans la mythologie gréco-romaine, jeune fille qui excellait dans l'art du tissage. Athéna, jalouse, la transforma en araignée.

— Le loup et le Petit Chaperon rouge, quelle surprise ! se moqua Gwenn en embrassant Morgane.

La magicienne des pierres effleura le pendentif d'onyx en forme d'araignée qui ornait le cou de sa cousine, qu'elle avait taillé et enchanté pour elle. Gwenn avait rempli sa boîte à bijoux de plusieurs pierres chargées de « vernir » son bouclier. Les talents de Morgane lui garantissaient la sérénité qui lui avait toujours fait défaut.

Bandit fila soudain pour rejoindre un jeune Husky qui manifesta sa joie de retrouver un vieux copain.

— Albian et Azilis sont arrivés, à ce que je vois, constata Gwenn.

Sélène avait offert Nounet au démon quelques jours plus tôt, sous le regard hilare de Dragan. Après avoir observé le Husky, Albian avait décrété que Nounet ne convenait pas et l'avait rebaptisé Croc-Blanc. Il y avait fort à parier cependant que Dragan s'obstine à donner au chien ce doux surnom... tout comme il s'obstinait à appeler le démon Albianounet, ravi de le sentir bouillir à chaque fois.

— Bandit se sentira moins seul, au milieu de tous ces chats, s'amusa Rowan.

Il passa un bras autour de la taille de Gwenn et ils poursuivirent les salutations. Le Chat d'argent avait conscience des changements intervenus dans sa vie. Émerveillé, il réalisa qu'il n'éprouvait aucune appréhension à se retrouver au milieu de tant de monde, même si la majorité des convives étaient des Kergallen ou des loups de Chânais. C'était à la femme qu'il enlaçait qu'il devait ce miracle. Gwenn leva les yeux pour lui sourire en sentant la pression de son bras s'accentuer.

— Aurais-tu peur que je file à l'anglaise ?

— L'endroit est plein de loups-garous qui adorent se promener nus.

Elle éclata de rire, sachant qu'il plaisantait et heureuse qu'il en soit capable.

— Le seul que je veux voir nu, c'est toi.

Elle se hissa sur la pointe des pieds pour l'embrasser.

— Qu'est-ce que c'est que ça ?

Ils se tournèrent vers la voix juvénile qui venait de les sortir de leur bulle. Lili, déguisée en Hermione, désignait le « fil de Gwenn » toujours visible. Rowan et Korenn avaient souhaité le conserver, comme un lien supplémentaire entre eux. Le Chat d'argent haussa un sourcil surpris en découvrant qu'un deuxième fil partait de lui pour se perdre dans la foule.

— Oh, oh ! fit l'ancienne fée avec un petit sourire.

— Est-ce que ça veut dire ce que je crois que ça veut dire ? murmura Rowan.

— Je crois que oui, confirma Gwenn, ravie. Félicitations, tonton Rowan !

Quelques instants plus tard, Sélène et Korenn émergèrent d'un groupe, cherchant manifestement quelqu'un du regard. Lorsqu'ils aperçurent Gwenn et

Rowan, ils se dirigèrent vers eux. Le fil rejoignait en effet le ventre encore plat de Sélène, qui semblait émue. Bien sûr, elle avait tiré les mêmes conclusions qu'eux en voyant se créer le lien... Il était encore fin, fragile, à peine visible, à l'image de la nouvelle vie qui apparaissait. Mais il était là.

— La famille ne cesse de s'agrandir, constata Lili avec un hochement de tête approbateur, comme si elle était pour quelque chose dans le phénomène. Nous allons bien nous amuser.

— *Un bébé... Tu te rends compte ?*

La voix dans son esprit fit sourire Rowan. Korenn paraissait sous le choc et un peu paniqué à l'idée de devenir papa.

— *Tu t'en sortiras très bien. Et cet enfant aura un oncle formidable.*

— *Corentin. Par les dieux...*

Rowan explosa d'un rire tonitruant qui attira l'attention sur lui.

— *Je pensais plutôt à moi, mais Corentin fera aussi un super tonton.*

Il regarda Gwenn, à ses côtés.

— Et il y aura une super tata, conclut-il à voix haute.

Chers lecteurs,

Ce tome m'a une fois de plus été inspiré par diverses conversations avec plusieurs lectrices. En effet, plus d'une m'a demandé ce que devenait Rowan, quand d'autres s'interrogeaient sur Gwenn, Chipie à la présence discrète dont on ne savait jusqu'à présent que peu de choses.

Après avoir tué trois lectrices dans le tome 5, j'ai cette fois-ci donné un rôle qui finit bien à une autre : Hend, j'espère que tu apprécies ton personnage de Selkie ! Concernant le prénom Hendhael, je cherchais quelque chose qui reste dans l'esprit celtique. N'ayant pas trouvé de prénom proche de Hend, j'ai inventé Hendhael.

Le moment d'écrire le dernier tome de la saga approche. Bientôt, vous découvrirez les derniers secrets des Kergallen à travers l'histoire d'Athénaïs. J'ai hâte de lever le voile sur notre chère Reine Mère !

Kergallenesquement vôtre
Aurore Aylin

Bonus

Bonus 1

Le Chafé du Coin des Temps

un texte d'Ysaline Fearfaol

— Descends. On est arrivé.

Elwyn jeta un regard chargé d'incompréhension au lieutenant de la meute.

— Arrivés où ?

— À destination.

Le petit sourire en coin qu'arborait Aymeric perdit complètement le poète.

— Descends, et tu comprendras.

Résigné, Elwyn s'exécuta. Devant lui se dressait la devanture d'un local pour le moins étrange. Sur la façade en bois, un nom était peint en lettres dorées, *Le Chafé du Coin des Temps*.

— Suis-moi.

Intrigué, Elwyn obéit. À sa grande surprise, Aymeric sortit une clé de sa poche pour ouvrir la porte, avant de s'effacer tout en lui faisant signe d'entrer. Abasourdi, le loup-garou découvrit un lieu qui tenait à la fois d'un café et d'une bibliothèque, dans lequel on aurait mis des arbres à chats dans tous les coins, ainsi que des litières, et des gamelles pour l'eau et les croquettes. On y trouvait aussi des tables, des chaises, des fauteuils confortables, des livres – Elwyn ne manqua d'ailleurs pas de noter que ceux d'Azilis occupaient la place d'honneur –, le tout dans une ambiance chaleureuse, grâce aux boiseries garnies de cordages, imitant celles d'un bateau de la grande époque de la marine à voile, et aux lumières tamisées.

— Tu m'expliques ? finit par articuler Elwyn tout en faisant courir sa main sur le comptoir impeccablement ciré du bar.

— C'est un chafé littéraire.

— Un quoi ?

— Un chafé littéraire. En gros, le mélange entre un café, une bibliothèque, un endroit où les passionnés de livres pourront lire et discuter de leurs lectures, et un refuge pour recueillir les chats abandonnés ou ceux qui voudraient abandonner la vie de la rue. Et il est à toi.

— À… à moi ?

Aymeric saisit la main d'Elwyn pour y faire tomber la clé.

— L'acte de propriété est dans ton bureau.

— Mon bureau ?

— J'aurais peut-être dû acheter aussi un perroquet.

— Parce que c'est toi qui… ?

— Si ça peut m'éviter de t'entendre déclamer tes poèmes, je suis prêt à t'acheter une ville entière. Ah, si tu regardes bien, il y a un tonneau derrière le bar.

— Ah oui, le tonneau… fit Elwyn avec une grimace.

Il ne se souvenait que trop bien de ce jour, où, jeune loup-garou, il avait failli trahir le secret des siens, et où Aymeric lui avait plongé la tête dans un tonneau rempli d'eau de pluie pour le punir, l'y maintenant assez longtemps pour qu'il pense sa dernière heure arrivée.

— J'avoue que je l'avais mérité, reconnut-il avec un sourire en coin.

— Je sais.

Les loups-garous échangèrent un regard complice. Son exubérance naturelle poussait Elwyn à remercier avec effusions son ami d'avoir réalisé son rêve de toujours – en mieux, puisqu'il y avait même inclus des chats –, seulement, il ne savait que trop bien à quel point Aymeric détestait les grands épanchements, aussi se contenta-t-il d'un « Tu me fais visiter ? », qui, il le savait, valait tous les remerciements du monde aux yeux du lieutenant de la meute.

Bonus 2

Je ferai tout pour toi

Azilis y songeait depuis un bon moment. Et elle avait décidé que ce jour était parfait pour une petite vengeance de bon aloi. Kieran le faisait bien, tout au long de l'année, avec Anthony. À présent qu'elle avait développé ses talents pendant les projections astrales, elle devait à tout prix les mettre en pratique, pour ne pas perdre la main. Marzhin lui avait dit et redit combien il était important qu'elle s'entraîne. Et puis, elle avait entendu courir une rumeur intolérable : d'aucuns prétendaient que l'amour l'avait rendue *gentille* ! Il était plus que temps de rétablir sa réputation de Furie vengeresse.

— Que mijotes-tu ? s'enquit Albian.

— Moi ?

— Oui, toi. Je connais ce regard et ce petit sourire en coin. Tu mijotes quelque chose.

— C'est possible, admit-elle.

— Qui est la victime ? Qui a mérité de subir une azilisation ?

— Tifenn.

— L'ex de Joss ? se rappela Albian, qui ne faisait pas encore partie de la famille à l'époque où le cousin d'Azilis fréquentait la jeune femme.

— Tout à fait. Étant donné la façon dont elle l'a largué, elle mérite une petite leçon.

— Joss est-il au courant ?

— Bien sûr que non ! Il m'a expressément demandé de ne rien faire contre Tifenn. Tu le connais, il est trop gentil.

— À se demander parfois si vous partagez vraiment des gènes, se moqua Albian.

— Nos grands-mères sont sœurs, ce qui fait de nous des cousins éloignés. La gentillesse a dû se diluer un peu de mon côté.

— Donc, tu vas passer outre les souhaits de Joss.

— Je ne vais rien faire contre Tifenn. Je vais au contraire tout faire *pour* elle...

Le sourire rusé d'Azilis démentait la fausse bienveillance de ses propos.

Tifenn frétillait d'impatience : ce soir, elle avait rendez-vous avec Olivier, rencontré quelque temps auparavant. Et elle comptait bien que ce rendez-vous soit le prélude d'une histoire sérieuse. Elle avait sondé avec soin le passé familial du jeune homme : pas de grand-tante folle ou de cousines envahissantes. Pas d'animaux partout, pas d'artistes farfelus. Bref, une famille normale. Par ailleurs, Olivier avait une excellente situation – dentiste. Tifenn avait donc décidé qu'il était le candidat idéal pour espérer construire une relation durable.

Toute la journée, la jeune femme songea à sa tenue : elle avait une garde-robe bien fournie et hésitait sur la robe à porter. Car elle porterait une robe. Le choix était important, car il déterminerait celui des chaussures, des bijoux, de la coiffure, même. Tifenn aimait planifier, anticiper, elle trouvait rassurant d'avoir un cadre bien défini dans lequel évoluer. C'était ce qui l'avait tant dérangée, pendant sa relation avec Joss. Il y avait trop d'imprévus, liés à son métier d'infirmier, mais surtout à sa famille. Alors que Tifenn rêvait d'un week-end à Deauville, Joss l'emmenait au manoir Kergallen pour un repas de famille. Comme les membres étaient nombreux, il y avait toujours une raison ou une autre de réunir la tribu. Certes, elle finissait par l'avoir, son week-end à Deauville, mais ses désirs passaient toujours après la famille de Joss. Et que dire du nombre de projets annulés parce que monsieur acceptait de remplacer au pied levé une collègue absente ? Avec Olivier, rien de tel ne se produirait.

Tifenn se planta devant son armoire, examinant les robes. Elle en sélectionna finalement deux. Après s'être observée dans le miroir, les robes tenues l'une après l'autre devant elle, la jeune femme opta pour la bleue. Elle ferait ressortir celui de ses yeux. Une natte sur l'épaule, de discrets bijoux, des chaussures fines... Satisfaite du résultat, elle enfila son manteau et sortit de chez elle, toute guillerette. Le taxi l'attendait. Olivier la raccompagnerait. Oui, elle avait pensé à ce petit détail aussi...

Azilis ne put retenir un petit rire : elle avait entendu Tifenn expliquer à sa collègue, durant leur pause-déjeuner, à quel point Olivier était parfait. La façon dont elle parlait de son dentiste laissait davantage imaginer qu'elle s'apprêtait à acheter un meuble ou une paire de chaussures plutôt que vivre l'histoire d'amour de sa vie ! Les comparaisons établies avec Joss avaient également mis en colère la magicienne : qu'y avait-il de mal à aimer passer du temps avec sa famille, ou à vouloir rendre service ? C'était au contraire toutes ces qualités qui faisaient de son cousin un homme exceptionnel ! Elle n'avait jamais aimé Tifenn, peut-être en partie parce qu'elle était jalouse du temps et de l'attention que Joss lui portait, et ne pouvait que se réjouir qu'elle ait mis fin à sa relation avec Joss. Elle ne le méritait pas ! Par contre, elle méritait la petite leçon qu'Azilis comptait lui donner.

Azilis attendit sagement que Tifenn ait fini de régler le chauffeur. Alors, elle passa à la première offensive. Une petite bourrade magique envoya rouler sur le trottoir la pimpante jeune femme.

— Oh, c'est petit ! se moqua Albian, qui venait de se poster aux côtés de sa compagne.

— Chut ! On pourrait t'entendre ! Je te rappelle que contrairement à moi, tu n'es pas inaudible !

— Aucun risque. Ils sont tous en train de piailler autour de la belle.

— Tu la trouves belle ?

Le regard qu'Azilis jeta au démon en aurait réfrigéré plus d'un. Albian se contenta de rire, pas impressionné pour deux sous.

— Elle l'est déjà moins que tout à l'heure, avec son genou écorché.

Azilis sourit, satisfaite : Tifenn avait déjà moins fière allure. Dépitée, la jeune femme tamponnait avec un mouchoir son genou, tout en tentant de reprendre contenance.

— J'ai tout fait *pour*, rappela Azilis.

Finalement, après avoir passé les mains dans ses cheveux pour les remettre en place et vérifié dans son miroir de poche si son maquillage avait tenu, Tifenn se dirigea vers le restaurant où elle avait rendez-vous avec Olivier. Elle avait planifié avec soin un retard de quelques minutes, afin de ne pas arriver la première. L'incident à la descente du taxi avait encore augmenté le retard de deux ou trois minutes.

Lorsqu'elle voulut ouvrir la porte du restaurant, celle-ci résista. Tifenn, sourcils froncés, poussa, puis tira, sans résultat.

— Joanna adorait faire ça aux indélicats, quand elle travaillait au *Celtic*, expliqua la magicienne en regardant sa victime s'énerver sur la poignée. Quand elle était décidée, elle lâchait la pression.

Azilis joignit le geste à la parole au moment où Tifenn poussait avec vigueur le battant. Celui-ci s'ouvrit si brusquement qu'elle manqua tomber à nouveau.

— Et donc, là, tu fais tout pour... quoi ? chuchota Albian en se glissant à la suite de Tifenn.

— Et bien, *pour* qu'elle fasse une entrée remarquée, comme elle le souhaitait tant !

Mortifiée, Tifenn constata qu'Olivier n'avait rien manqué de son entrée maladroite dans le restaurant. Qu'allait-il penser d'elle ? La soirée ne se passait pas du tout comme elle l'avait prévue ! S'efforçant de reprendre contenance, elle arbora un courageux petit sourire et se dirigea vers le jeune homme en boitillant légèrement. Elle en rajoutait, mais mieux valait miser sur le côté jeune femme en détresse pour effacer ses déboires.

— Que vous est-il arrivé ? s'exclama Olivier en venant à sa rencontre.

— Quelqu'un m'a bousculée et je suis tombée, avoua la jeune femme. Je suis navrée d'arriver en retard et dans un tel état...

Olivier s'empressa autour d'elle, lui assurant qu'elle était magnifique et que son retard n'avait pas d'importance. Galant, il lui tint la chaise sur laquelle elle prit place avant de retourner s'asseoir en face. Reprenant confiance, Tifenn lui sourit. Les choses sérieuses commençaient.

Ce fut un festival. Un verre renversé. Une fourchette qui tomba par terre. Une sonnerie de portable qui la fit sursauter.

— La musique de *l'Exorciste* comme sonnerie de portable ? releva Olivier.

— C'est de très mauvais goût, murmura Tifenn d'un air revêche.

Elle-même avait opté pour les *Quatre saisons* de Vivaldi. Chaque Saison rythmait son année à tour de rôle.

— Vous devriez répondre, remarqua Olivier, un sourcil haussé.

— Répondre ?

Tifenn écarquilla soudain les yeux : cette horrible sonnerie provenait de son sac. Comment était-ce possible ? Elle avait pourtant veillé à baisser le volume pour ne pas être dérangée. Et surtout, surtout... elle avait choisi depuis le 21 mars *le Printemps,* certainement pas cette horreur ! Fébrile, elle fouilla dans son petit sac de soirée, en extirpa son téléphone, dont l'écran affichait un numéro inconnu qui avait essayé de l'appeler plusieurs fois. Aux tables d'à côté, on la regardait avec désapprobation. Paniquée, Tifenn éteignit tout bonnement son portable.

— Je crois que mon amie Louise a voulu me jouer un vilain tour, fit-elle avec un sourire blême.

— Pauvre Louise, se moqua Azilis. Accusée à tort.

— Et donc là, tu as tout fait pour...

— *Pour* mettre de l'ambiance dans ce dîner ennuyeux. Ça fonctionne, regarde !

Albian, dubitatif, observa Tifenn s'excuser et se lever pour se rendre aux toilettes.

— Rebondissements, mouvements sur scène, sortie de certains acteurs... J'ai bien retenu les leçons de mise en scène de Morgane.

Olivier avait sorti son portable, sur lequel il pianotait en vitesse, non sans jeter de fréquents coups d'oeil à la porte par laquelle Tifenn avait disparu. Albian et Azilis se penchèrent par-dessus son épaule pour lire son texto. Azilis pouffa : Olivier écrivait à un ami, exprimant ses doutes et son dépit. Tifenn était très différente de ce qu'il pensait et il commençait à se demander s'il avait envie de mener leur relation plus loin.

— Tu commences seulement ? Attends, mon petit Olivier, je vais lever tous tes doutes d'ici le dessert !

Dans les toilettes, Tifenn tâchait de reprendre contenance. Elle rafraîchit son maquillage, s'exerça à sourire. Joss disait souvent que c'était son sourire qui l'avait séduit. Penser à son ex ramena une ombre sur son visage. Elle se reprit bien vite, s'offrit un sourire éblouissant dans le miroir avant de retourner vers Olivier. Quelques rires accompagnèrent sa progression, mais elle n'y prêta aucune attention, fixée sur Olivier vers lequel elle avançait d'une démarche sexy.

— Vous avez... hum... du papier toilette accroché... sous votre talon.

Elle baissa les yeux sur ses pieds et découvrit le petit rectangle de papier toilette. Les larmes aux yeux, Tifenn s'assit et se débarrassa bien vite de l'objet du délit.

— Du grand art, souffla Albian, hilare.

— Et encore, j'ai été gentille, je n'ai pas coincé sa jupe dans sa culotte !

— Tout pour Tifenn, c'est le credo du jour.

— Là, j'ai tout fait *pour* montrer à Olivier avec quelle femme élégante il a la chance de partager ce dîner dans un restaurant étoilé. Il ne va pas regretter la note, je t'assure !

— Ma Furie machiavélique, sourit Albian.

— Je suis vraiment gentille : je n'ai pas mis de laxatif dans sa boisson ! se défendit Azilis d'un ton vertueux. Je me suis dit que le restaurateur ne méritait pas ça.

— Tu le réserves pour plus tard ? devina Albian.

— Tu me connais trop bien, Démon. Je n'en ai pas terminé avec Tifenn, je compte venir lui rendre visite régulièrement pour m'assurer que tout va bien *pour* elle.

Azilis subtilisa un couteau avec lequel elle entreprit de cisailler le talon de Tifenn. Ce n'était pas chose aisée, et elle entendit le petit rire d'Albian qui la regardait oeuvrer.

— Quand je dis que je fais tout *pour* Tifenn, je suis même à ses pieds !

Alors qu'Olivier aidait Tifenn à enfiler son manteau, le talon céda. La jeune femme vacilla, voulut se raccrocher. Plus tard, elle jura que c'était comme si quelqu'un l'avait poussée, comme à la descente du taxi. Toujours est-il qu'elle tomba sur la table, dans un grand fracas de vaisselle.

— Albian, je t'aime ! lança Azilis en éclatant de rire. Tu me traites de Furie machiavélique, mais tu n'es pas en reste !

Ils quittèrent le restaurant à la suite du couple. Olivier avait appelé un taxi pour raccompagner une Tifenn défaite, qui ne tentait même plus de sauver la soirée. Elle n'avait plus qu'une hâte, à présent, rentrer se terrer chez elle.

— J'aime bien Joss, répondit le démon. Si cette garce l'a largué comme un malpropre, elle ne mérite pas mieux.

— Nous formons un duo de choc.

— Bien sûr, pas un mot à Joss, j'imagine.

— Bien sûr que non. Il trouverait encore à redire, gentil comme il est. Même si nous avons tout fait *pour* Tifenn.

— Dommage, soupira Albian. J'aurais bien aimé raconter nos exploits à quelqu'un.

— Kieran attend le récit avec impatience...

Les Kergallen...
l'aventure continue...

Prochainement

Les Kergallen -6
Athénaïs

Printed in Great Britain
by Amazon